KB219721

신데렐라
Cendrillon

Cendrillon

By Joël Pommerat

신데렐라
Cendrillon

조엘 폼므라
Joël Pommerat

안보옥 옮김
이도희 그림

차례

등장인물

여성 화자 : 극에서 목소리만 들린다.

여성 화자가 말하는 동안 몸짓하는 남자

아주 어린 소녀

엄마

아빠

새엄마

자매들 : 언니와 동생

요정

아주 어린 왕자

왕

두 경비병

7

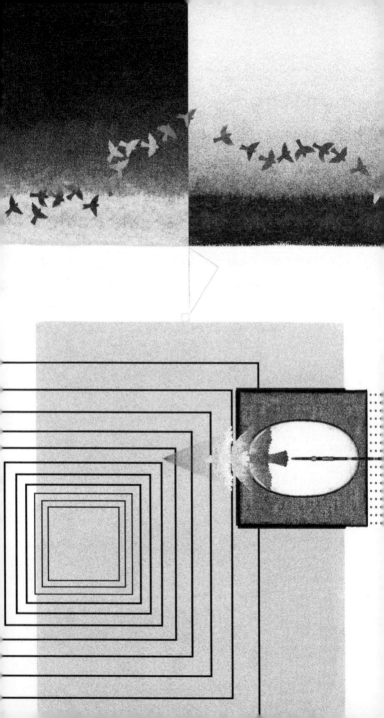

1막
PREMIÈRE PARTIE

scène 1

여성 화자의 목소리(이하 여자 목소리) 아주 먼 옛날 이야기를 하겠습니다…. 너무 오래되어서 그것이 나의 이야기인지 아니면 다른 누군가에 대한 이야기인지 잘 기억나지 않습니다.

나는 아주 긴 생을 살았습니다. 내가 살았던 장소들은 아주 먼 곳이었고, 그러다보니 어느 날 엄마가 가르쳐주신 언어를 잊어버리기까지 했어요.

나의 인생은 그토록 엄청나게 길었고, 난 나이를 아주 많이 먹어서 육신은 깃털만큼 가볍고 투명해졌어요. 나는 여전히 말을 할 수 있지만 오로지 몸짓으로만 가능해요. 여러분의 상상력이 풍부하다면 내 말을 들을 수 있으리라 생각합니다. 심지어 이해할 수도 있을 거예요.

자, 이제 시작해보겠습니다.

내가 할 이야기에서 말은 아주 어린 소녀의 삶에 재앙을 가져올 뻔했습니다. 말은 아주 유용하죠. 하지만 아주 위험하기도 합니다. 말을 엉뚱하게 이해한다면 더욱 그렇죠.

어떤 말은 다양한 의미를 지니고 있습니다. 또 어떤 말들은 너무 비슷해서 혼동할 수도 있고요.

말하는 것은 간단한 일이 아니고, 듣는 것도 그리 간단치 않습니다.

아주 어린 소녀가 아직 아이였을 때, 상상력이 매우 풍부했던 소녀는 큰 불행을 겪었습니다. 다행히 아이들에게 그런 불행은 아주 드물게 일어나긴 합니다. 어느 날 아주 어린 소녀의 엄마는 죽을 병에 걸려 몸져누웠고 더 이상 방 밖으로 나올 수 없었어요. 소녀의 엄마는 힘없는 목소리로 말했습니다. 너무나 힘없는 소리여서 그녀가 말한 것을 이해하는 것은 어려웠어요. 사람들은 계속 소녀의 엄마에게 반복해서 말해달라고 해야만 했습니다.

scène 2

엄마의 침실

아주 어린 소녀 어머나, 엄마 오늘도 일어나지 않을 거야! 벌써 몇 주 동안 이렇게 누워만 있었는데! 지겹지 않아? 어쨌든 난 너무 지겨운데.
(매우 허약한 엄마는 이해하기 어려운 몇 마디를 중얼거린다.)
안 들려…! 뭐라고?

(엄마, 똑같이)
미안하지만 엄마가 뭐라고 하는지 들리지 않아. 좀 더 크게 말해줘…. 그렇게 하라고 전에 말했잖아.

여자 목소리 그래서 때때로 아주 어린 소녀는 매우 잘 들은 것처럼 행동할 수밖에 없다고 생각했습니다.

아주 어린 소녀 엄마는 항상 자고 싶어 해. 엄마가 말한 게 그거지?

엄마 (거의 들리지 않게 중얼거리면서) 사랑하는 내 딸, 내가 곧 죽을 거라고 말해야만 하는구나.

아주 어린 소녀 알고 있어, 엄마가 늘 자고 싶어 한다는 걸.

엄마 (거의 들리지 않게) 사랑하는 아가, 나는 곧 떠날 거란다….

아주 어린 소녀 그리고 피곤하다고?

엄마 (거의 들리지 않게) 알겠지만 나는 곧 떠날 거야, 영원히.

아주 어린 소녀 그리고 낮잠을 자겠다고…? 잘 알아들었어.

그런데 이야기 그만하고 산책하러 나가지 않을래?

사이.
엄마는 낙담한 것 같다. 그녀는 얼굴을 돌리고 눈을 감는다.

여자 목소리 아주 어린 소녀는 엄마와 이야기하는 게 쉽지 않았습니다. 그녀를 지치게 했어요. 그래서 사람들은 아주 어린 소녀에게 자주 말했습니다. 엄마를 쉬게 놔두라고…. 그런데 어느 날 사람들이 아주 어린 소녀에게 이렇게 말하는 거예요. 어쩌면 소녀가 엄마를 볼 마지막 기회일지도 모른다고, 정말 용기를 내야 한다고, 엄마가 아주 중요한 이야기를 할 거라고. 아주 어린 소녀는 다른 어느 때보다 집중해서 듣겠다고 약속했습니다.

엄마는 딸에게 몇 마디 말을 중얼거린다. 아주 어린 소녀는 엄마 쪽으로 몸을 숙인다.

아주 어린 소녀 (매우 감동받아) 내가 제대로 알아들었다는 것을 엄마가 분명히 알 수 있게, 내가 반복해서 말해볼게. "나의 귀여운 딸아, 내가 더 이상 이곳에 없더라도 나를 생각하는 일을 결코 멈춰서는 안 될 거야. 네가 나를 절대로 잊지 않고 항상 생각한다면… 나는 어딘가에 살아 있을 거야."
(아주 어린 소녀의 아빠가 들어온다. 그는 딸을 바깥쪽으

로 데려간다.)

엄마, 언제나 엄마를 생각할게. 약속할게. 그러면 엄마가 진짜로 죽는 게 아니라는 거잖아. 잘 알겠어. 엄마는 새들이 머물며 지키는, 보이지 않는 비밀스러운 곳에 살아 있는 거야. 잘 알았어. 오 분 이상 엄마를 생각하지 않은 채 시간을 흘려보내면 엄마가 진짜로 죽는다는 것도. 엄마, 걱정하지 마. 내가 엄마를 진짜로 죽게 하지는 않을 거야. 나를 믿고 맡겨. 매일, 매 순간, 그리고 평생, 엄마는 내 생각 속에 있을 거야…. 걱정하지 마.

여자 목소리 여러분에게 이미 말했죠. 아주 어린 소녀가 그녀의 엄마의 말을 완전히 잘 이해했는지는 분명하지 않아요. 소녀는 상상력이 아주 많았고, 그날 그녀는 매우 감동받았어요. 사는 동안 때때로 그녀의 상상력은 그녀의 머릿속에서 전속력으로 질주했고 요술을 부리며 골탕을 먹였습니다. 분명한 건 아주 어린 소녀가 그녀의 엄마의 말을 완벽하게 제대로 알아들었다면 이 이야기는 지금과는 다른 이야기가 되었을 거예요.
그러나 여러분도 알게 되겠지만, 이야기에서는 오해들이 언제나 흥미롭지 않은 것은 아닙니다….

여자 목소리 다음 날 아주 어린 소녀의 엄마는 세상을 떠났습니다. 그날부터 아주 어린 소녀는 엄마의 부탁이라고 믿고, 엄마를 생각하는 일을 절대로 멈추지 않겠다고 다짐했어요. 예전에 아주 어린 소녀는, 상상 속에 빠져드는 것을 매우 좋아했어요. 하지만 이제 그 모든 것이 완전히 끝나버렸습니다. 소녀는 단 한 가지에만 집중해야 했거든요. 엄마… 오로지 그녀의 엄마만 생각해야 했습니다.

처음엔 쉬웠어요. 그러나 몇 달이 지나고, 어느 날 아주 어린 소녀는 그만 잊어버리고 말았습니다. 잠시 엄마 생각하는 것을 잊었어요. 소녀는 무척 겁이 났습니다. 다음 날 소녀는 아빠에게 가능한 한 가장 크고 알람이 울리는 시계를 사달라고 부탁했습니다. 시간 관리를 잘하기 위해서죠. 그날 이후로, 아주 어린 소녀는 매우 불안했습니다. 그녀의 머릿속은 온통 엄마 생각으로 가득 찼어요. 엄마 생각이 넘쳐흘러 머리가 점점 커지고 부풀어 오르는 것만 같았어요. 때때로 머리가 터져버릴까 겁나기도 했습니다. 소녀는 자신을 탓하기 시작했어요. 엄마를 생각하는 것은 애써 노력해야 하는 일이 아니라 자연스러운 일이어야 한다고 말이죠.

scène 4

유리로 된 집 안

여자 목소리 얼마 후 아주 어린 소녀의 아빠는 재혼할 때가 되었다고 생각했어요. 그는 매력적인 두 딸이 있는 여인을 만났습니다. 그녀들 셋은 굉장히 특별한 집에서 살고 있었어요. 완전히 유리로 지어진 집이었습니다. 네, 유리로요.

자매 언니(이하 언니) 그 사람들 왜 안 오는 거야?

새엄마 모르겠어!

자매 동생(이하 동생) 앉으면 안 돼?

새엄마 안 돼! 서 있어야 키가 잘 자라는 거야!

언니 이 드레스는 엄마에게 잘 어울리네!

새엄마 고마워.

동생 엄마는 운이 좋아. 모든 게 잘 어울리니까!

새엄마 그래, 알아! 어제 상점에서도 나에게 같은 말을 했

17

단다! "대단해요. 부인에게는 모든 게 잘 어울리네요! 게다가 너무 젊어 보여요! 부인의 딸들이 딸이라는 사실을 모른다면 부인의 자매인 줄 알 거예요!"

두 자매 우리도 알아. 엄마가 전부터 그렇게 말했잖아.

새엄마 사람들이 매일 나에게 그렇게 말하잖니! 그래서 그런 거야! 결국에는 피곤한 일인데… 때로는 나도 다른 사람들처럼 내 나이 그대로 보이는 게 낫지 않을까 생각한단다!
(집의 유리 벽 너머로 아주 어린 소녀와 그녀의 아빠가 오는 것이 보인다.)
아, 드디어 오네. 됐어. 그들이야!

언니 (새엄마에게) 그런데 왜 저쪽으로 오는 거야?

새엄마 참 빨리도 오네!

언니 정원 안쪽인가?! 저 사람들 울타리를 뛰어넘은 거야, 뭐야?

동생 그들이라고? 저렇게 생겼어?

언니 왜 입구로 들어오지 않았지? 멍청이들인가?

18

동생   설마, 맙소사, 그들이라고?!

언니 (새엄마에게) 그런데 그 사람이 저렇게 생겼어, 엄마? 늙었는데. 엄마보다 쉰 살은 더 많아 보여!

새엄마 과장하지 마! 늙은 게 아니야. 자기 나이로 보이는 것뿐이야!

동생   우리를 보지 못하네!

새엄마 그래, 바깥에서는 안이 잘 안 보이지.

언니 (전화기에) 여보세요, 그래, 나야. 약속한 대로 전화했어. 드디어 왔어. 그들이 왔어! 운이 없네. 남자가 아주 못생긴 스타일이야.

동생   아이는, 바보 같다고나 할까.

언니 (전화기에) 남자도 똑똑해 보이지 않고 별 볼 일 없는 사람 같아!

동생   저 아이에게 무슨 일이 있는 거지? 아이가 이상해 보이는데!

언니 (전화기에) 정말로 이상해 보여. 진짜 걱정된다!

아빠는 유리창 너머로 새엄마를 알아본다.

새엄마 (아빠에게 신호를 보내면서) 여기야! 우리 여기 있어!

언니 (전화기를 내려놓으면서) 다시 전화할게.

새엄마 그래, 안녕. 우리 여기 있어….

두 자매 (신호를 보내면서) 안녕하세요.

새엄마 (몸짓으로) 들어오려면 돌아야 해. 입구는 완전히 반대쪽에 있어…! 저쪽에. 잘못된 쪽으로 들어왔어.

아빠는 새엄마의 설명을 알아듣지 못하고 계속 예의 바른 몸짓을 한다.

동생 엄마 말을 듣지 못하는데.

자매들은 웃는다.

새엄마 (큰 몸짓으로 설명한다.) 돌아서 들어오라고! 돌아서 오라고! 입구는 집 반대편에 있어! 저쪽으로!
(아빠는 여전히 알아듣지 못한다.)
들어오려면 돌아서 와야 한다고. 저쪽으로 돌아와!

두 자매 (좀 더 크게) 돌아서 오세요!

새엄마 (점점 더 짜증내며) 돌아서 오라니까. 말도 안 돼!

아빠는 알아들은 것 같지만 다른 방향을 가리킨다.

두 자매 (웃으면서) 아-아-니니니니-요!

새엄마 (몹시 신경질 내며) 아니, 그쪽이 아니라고…! 반
대쪽이라고 했잖아!

아빠는 잘못된 방향으로 간다.

새엄마와 두 자매 (다 같이) 아-아-니니니-요!

언니　　저 사람들 너무 머저리 같아!

두 자매는 웃음을 터뜨린다.

새엄마　좋아, 내가 데리러 가야겠다. 알아듣지 못하는 것

같으니….

그녀가 나간다.

scène 5

유리로 된 집 안. 아주 어린 소녀와 그녀의 아빠는 세 여자
와 만났다. 아주 어린 소녀는 작은 배낭을 메고 있다.

새엄마 자, 여기가 '우리 집'이야. 이 '우리 집'이 곧 당신
들에게도 '당신들의 집'이 되기를 바라!

아빠 그렇게 되도록 어쨌든 우린 모든 걸 다 할 거야.
내가 약속할게.
(그의 딸을 향해 몸을 돌리면서) 그렇지 않니… 상드라,
너도 찬성하지?

아주 어린 소녀는 대답하지 않고 그녀의 시계를 본다. 사이.

동생 (웃음을 참으며) 와, 너 아주 커다란 시계를 갖고 있
구나!

아주 어린 소녀 응, 지나가는 시간을 지켜보려고, 무엇보다

우리 엄마를 생각하는 일을 잊어버리지 않으려고, 계속 너무 오랫동안 잊고 있으면 안 되니까. 알람도 되는 시계야.

언니   아, 그래? 그런데 그게 무슨 이야기야?

아주 어린 소녀   엄마가 나에게 엄마를 생각하는 일을 절대로 멈추지 말라고 부탁했어.
그렇지 않으면, 내가 오분 이상 엄마를 생각하지 않으면, 엄마가 진짜로 죽게 될 거라고.

새엄마 (찡그리며)   그런 이상한 이야기를! 별꼴이다!

아주 어린 소녀의 시계가 울리기 시작한다. 머리를 아프게 하는 음악.

아버지 (웃으며)   하하, 그건 좀 아이들 이야기 같은 거야! 애가 도대체 어디서 듣고 그런 이야기를 하는 건지 모르겠네!

아주 어린 소녀 (그녀의 아빠에게)   도대체 무슨 말이야? 아빠 바보야, 아니면 뭐야?

새엄마 (격분해서)   어머나, 너, 아빠에게 그런 식으로 말하니?! 여기서는 그렇게 할 수 없어. 알겠지!

(짧은 사이.)

자, 오늘부터 당신들이 살게 될 매우 현대적이고 조금 특별한 '당신들의' 새로운 집에 대해 몇 마디 하고 싶어. 이 집은, 독특한 집이야. 유리로 지어졌고 완전히 투명하기 때문만이 아니라…

아빠　그렇군. 매우 놀랍고 굉장히 현대적이군.

동생　게다가 새들이 유리창에 부딪혀서 계속 죽어요. 새들은 유리창이 있는 걸 보지 못하는 거죠.

언니　매일, 죽은 새, 열 마리 정도를 치워요.

그동안. 아주 어린 소녀는 그녀의 배낭에서 사진 앨범을 꺼내 살펴보기 시작한다. 그녀는 두 자매 쪽으로 향한다.

새엄마　이 집은 유리로 지어졌을 뿐 아니라, 세계적으로 유명한 건축가가 지었는데… 건축가 이름을 들으면 다들 다 알 만한 사람인데…

아주 어린 소녀 (앨범의 사진들을 두 자매에게 보여주며)
자, 이건 우리 엄마 젊었을 때 사진이야. 그때 엄마는 짧은 머리였어. 이후로는 늘 긴 머리였지만! 엄마는 긴 머리가 더 잘 어울린다고 말했어.

(그녀의 아빠에게) 아빠 생각은 어땠어?

아빠   자, 이제 앨범을 가방에 다시 넣으렴!

아주 어린 소녀는 두 자매에게서 멀리 떨어진다. 그렇지만 사진 보는 것은 멈추지 않는다.

새엄마 (당황해서) 내가 무슨 말을 하고 있었지?

아빠   완전히 유리로 된 이 집을 건축한 사람에 대해 말하고 있었어.

새엄마 그렇지, 그 사람은 현대 건축가인데 이름이 아주 복잡해. 혹시 모두 알지 모르겠는데? 이름이…

그녀는 이름을 생각해내려 한다.

언니   이름이 뭐야?

아주 어린 소녀는 다시 자매들에게로 향한다.

새엄마 (아주 혼란스러워하며) 어, 모르겠네….

아주 어린 소녀 (앨범 속 사진들을 자매들에게 보여주며)

이건 또 다른 사진인데, 언니들에게 보여줄게. 엄마 사진을 보여주는 게 굉장히 기쁘니까. 이건 엄마와 아빠 사진인데, 내가 출연한 유치원 연말 공연을 보러 왔을 때 찍은 사진이야.

아빠 (권위적인 태도로) 앨범 그만 봐라, 샹드라. 지금은 그럴 때가 아니야!

아주 어린 소녀 아빠는 살면서 그만큼 따분한 적은 없었다고 나 몰래 말했었어. 그 말을 내가 듣지 못하게 말이야.
(그녀의 아빠에게) 그랬지? 기억나지?
(다른 사람들에게) 엄마는 아빠가 아이들의 연말 공연을 보러 가기 싫어한다면서 웃음을 터뜨렸지! (그녀의 아빠에게) 아닌가?

새엄마 (아빠에게) 어떻게 좀 할 수 없어? 견디기 조금 힘드네. 안 그래?!

아주 어린 소녀 (두 자매에게) 아, 그렇지. 이건 좀 특별한 사진이야. 뭐랄까, 좀 고약한데, 내가 엄마와 아빠 사이에서 "잘한다! 잘한다!" 하면서 버릇없이 굴고 있는 사진이야.

아빠는 아주 어린 소녀의 손에서 앨범을 빼앗아 소녀의 배낭 속에 넣어버린다.

새엄마 (아빠에게) 고마워.
(모두에게) 자, 오늘 저녁은 우리가 새롭게 시작하는 특별
하고 중요한 날이야. 두 가족이 한 가족이 되려고 모인 날
이니까.
(그녀는 말을 중단한다.)
상드린, 이제 제발 가방을 내려놓으렴!

아주 어린 소녀 (수정하며) 상드라.

새엄마 그래, 그렇지, 상드라… 집 안에서는 가방을 메고
있는 게 아니야.

아주 어린 소녀 아니요, 그러고 싶지 않은데요.

아빠   가방을 내려놓으라고 하시잖니!

새엄마 말해보렴. 너는 왜 내 말을 듣지 않니? 가방을 내
려놓고 싶지 않은 이유가 뭐야?

언니   이것 봐라. 이 아이, 특이한데?

새엄마 마지막으로 말하는데, 가방 내려놔라.

28

(아주 어린 소녀의 시계가 울리기 시작한다. 머리를 아프
게 하는 같은 음악.)
이제 더 이상 못 참겠어.
(그녀는 버럭 화를 낸다.)
당장 가방 내려놔.

아주 어린 소녀 싫어요.

새엄마 가방 내려놔!

아주 어린 소녀 싫어요.

새엄마 가방 내려놓으라고!

아주 어린 소녀 싫어요.

scène 6

집의 지하실.
새엄마와 자매들이 아주 어린 소녀에게 그녀의 새로운 방을
보여준다. 거의 비어 있는 방. 침대 하나. 장롱 하나. 어둠.

언니 (아주 어린 소녀에게) 예전에 지하 창고였어. 그래서

29

창문이 없는 거야.

새엄마   없지. 하지만 벽은 있잖아.

동생   맞아. 네 개의 벽!

언니   그게 어디야!

자매들은 웃음을 터뜨린다.

새엄마   네가 오기 전에 생각해봤어. 공사가 끝나기를 기
다리면서 네가 오늘 밤에는 언니들 방 중 한 곳에서 언니
들과 함께 자고 싶어 하지는 않을지 말이야.

두 자매   안 돼. 말이 되냐!

새엄마   하지만 좀 더 생각해보니 너는 아마도 독립적으로
혼자 있는 것을 더 좋아하고, 첫날 저녁부터 그렇게 하기
를 원할 거라는 생각이 들었단다.

두 자매   물론 그렇지. 그게 낫지!

새엄마 (아주 어린 소녀에게) 내가 잘못 생각했니?

아주 어린 소녀 죄송해요. 뭐라고 하셨죠?

아빠가 방에 들어온다.

아빠　　여긴 뭔가?

두 자매 상드라 방이에요.

짧은 사이. 아빠가 놀란 것 같다.

언니 (아빠에게) 원래 지하 창고였어요. 그래서 창문이 없
어요.

동생　　하지만 벽이 있어요.

언니　　네 개.

동생　　위치도 좋아요.

언니　　북쪽.

자매들은 웃음을 터뜨린다.

새엄마 (아빠에게) 지금 당신이 보고 있는 방은 당연히

임시 상태야, 공사를 끝낼 시간이 부족해서 그래. 임시방편인 거지. 공사가 다 끝나면 이곳이 어떻게 바뀔지 상상해봐.

아빠   그렇군.

새엄마 진짜 방이 될 거야. 게다가 매우 현대적인 방이 될 거라고.
(아주 어린 소녀에게) 너의 언니들 방보다 훨씬 더 예쁘고 훨씬 더 모던할 거란다. 언니들이 엄청 질투할 거야.
(자매들에게) 안 그래?

언니 (매우 냉소적으로) 우~ 우~ 샘나서 잠을 잘 수 있을지 모르겠네!

새엄마 (아빠에게) 돈도 많이 들어….

아빠   아, 그런가…?
(그의 딸에게) 당분간은 상상력을 발휘하는 노력을 좀 해야 할 것 같구나. 그렇게 해볼 만할 것 같은데. 그렇지 않니?

아주 어린 소녀 그렇겠지, 아마도.

아빠 (다른 사람들에게) 상드라는 상냥해! 함께 지내기에 까다롭지 않을 거야! 모두 알게 될 거야.

새엄마 (아빠에게, 신경질 내며) 우리는 애를 놀리는 게 아니라고.

아빠 그렇겠지. 그러나 우선 의심이 드는군…. 다음으로는… 당신이 나에게 말한 모든 것과… 사실… 생각을 하게 돼. 어쩌면…

새엄마 (점점 더 신경질 내며) "생각을 하게 돼. 어쩌면." 우리가 당신과 당신 딸을 맞이하려고 노력을 얼마나 쏟아 부었는지, 감탄할 수도 있을 텐데! 정말로 기분 좋~은 일이군. 고맙네.

아빠 사과할게. 내가 말하려고 했던 건 그게 아니라…

새엄마 (버럭 화를 내면서) 자, 그럼 그만 말해.
(아주 어린 소녀에게) 너는 어떻게 생각하니? 넌 아무 말도 안 하는구나! 마음에 드니? 네게 적당한 것 같니?

아주 어린 소녀 어쨌든 나는 너무 예쁜 것들을 가질 자격이 없어요. 좀 불편하다고 느끼는 것이 오히려 도움이 될 거예요! 그러면 조금은 훌륭한 교훈을 얻을 수 있을 거예요!

언니　애가 무슨 말을 하는 거야?

아빠　나도 모르겠어. 어린애의 엉뚱한 상상이야.

아주 어린 소녀 (아빠에게)　중요한 것은 수요일의 드레스를 위에 놓고 잠들기 위해서 내 곁에 엄마의 몸을 둘 수 있는 거야.

새엄마 (아빠에게)　당신이 설명해줄 수 있어?

아빠 (그의 딸에게)　그건 나중에 이야기하자고 했잖니. 지금은 아니야! 이럴 순 없어! 너 정말 짜증나게 하는구나, 상드라!

두 자매 (그를 흉내 내며)　"너 정말 짜증나게 하는구나, 상드라!"

언니의 괴성.

새엄마 (깜짝 놀라면서, 딸에게)　무슨 일이야?

언니 (질겁하며)　내 신발 위에서 거미 한 마리를 봤어. 머리빗만큼 엄청 컸어! 두 눈으로 내 눈을 뚫어지게 봤다고.

아빠 (매우 걱정하며) 아, 그러니?

새엄마   거미들은 아이들을 잡아먹지 않아. 그렇지만 파리들을 잡아먹는데, 얼마나 좋니. 파리는 밤에 잠드는 걸 방해하니까 말이야!

언니 (나가면서) 자, 그럼 난 그만 갈래.

동생 (역시 나가면서) 나도.
(그녀의 전화기가 울린다.) 여보세요! 기다려봐. 너한테 말해줄게.

새엄마 (아주 어린 소녀에게) 자, 우리도 이제 네가 쉴 수 있게 나갈게. 너도 무척 고단할 텐데. 오늘은 너에게 정말 엄청난 하루였잖니!

그녀가 나간다. 아빠가 그녀를 뒤따른다.

아빠 (그의 딸에게) 부족한 건 없는지 이따 다시 와서 살펴볼게. 금방 다시 보자.

그들이 나간다. 아주 어린 소녀는 이제 방에 홀로 남았다.

scène 7

몇 시간 후, 밤. 같은 장소.
완전한 어둠.
아주 어린 소녀는 침대에 누워 있다. 그녀는 겁이 난다. 자신에게 용기를 주기 위해 〈황제와 그의 부인과 어린 왕자〉 노래를 부른다. "월요일 아침, 황제와 그의 부인과 어린 왕자는 내 집에 왔네. 나를 안기 위해서 왕자는…"

여자 목소리 임시로 마련된 그녀의 새로운 방에서 보낸 첫날 밤, 아주 어린 소녀는 전혀 편안하지 못했습니다.

scène 8

얼마 후, 집의 복도.
아주 어린 소녀의 아빠가 파티용 드레스를 입은 여자 마네킹을 양팔로 들고 들어온다. 그를 기다리고 있던 새엄마가 그를 깜짝 놀라게 한다.

새엄마 이런 모습으로 어딜 가는 거야?

아빠 아, 당신이야?

37

새엄마　그래, 나야! 당신, 나를 보고 놀란 것 같네.

아빠　아니야!

새엄마　어머, 그런 것 같은데!

아빠　당신이 잠들었다고 생각했어! 그래서 그런 거야!

새엄마　어, 그래, 잠들었었지. 하지만 보다시피 이제 더이상 자고 있지 않아! 소리가 들렸어! 그 소리에 잠에서 깼고! 그래서 일어났어.

아빠　이런, 유감이군.

새엄마　그래, 유감이야.
(마네킹을 가리키면서) 그런 것을 가지고 이런 시간에 돌아다니면서 뭘 하는 건지 말해보겠어?

아빠 (놀란 듯이) 이것을 가지고?

새엄마 (강조하면서) 그래, 그것!

아빠　아, 이것!

새엄마　그래, 그것!

아빠　아무것도 아니야!

새엄마　아무것도 아니라고? 그러면 "아무것"도 아닌 걸 가지고 한밤중에 복도를 어슬렁거리면서 대체 뭘 하는 건데?

아빠　….

새엄마　대답 안 할 거야?
(마네킹을 가리키면서) 그게 뭐냐고 묻잖아?

아빠　(이해하지 못한 체하면서)　이것?

새엄마　(다시 강조하면서)　그래, 그것!

아빠　아, 이거.

새엄마　(격분해서)　당신, 정말로 나를 바보 취급 하네!

아빠　아, 이건, 그냥 드레스야. 그뿐이야!

새엄마　그냥 드레스고, 그뿐이라고?! 누구 드레스야?

아빠   뭐라고? 누구 것이냐니?

새엄마   그래, 누구 거냐고?

아빠   아…! 그녀의 엄마 거야!

새엄마   그녀의 엄마라니, 누구?

아빠   상드라의 엄마.

새엄마 (버럭 화를 내며) 상드라의 엄마? 그러니까 당신이 당신 딸 엄마의 드레스를 간직했고, 그걸 이곳에 가지고 왔다는 거네! 전 부인의 드레스를! 그리고 당신은 그걸 들고 복도를 돌아다니고?! 한밤중에! 품에 꼭 안고서!

아빠는 마네킹을 내려놓는다.

아빠   절대 아니야.

새엄마   절대 아니라니 뭐가?

아빠   절대 아니야!

새엄마 (그를 흉내 내면서) "절대 아니야!" 그런데 당신 부인의 드레스를 어디로 가져가는 건데?!

아빠 그녀의 방으로 가져가는 거야!

새엄마 그녀의 방이라니, 누구?

아빠 상드라의 방으로.

새엄마 당신과 당신 딸이 죽은 당신 부인의 드레스를 가지고 그 애 방에서 만난다는 건가?

아빠 (새엄마에게로 다가가면서) 설명할게. 별일 아니라는 것을 알게 될 거야…. 이 드레스는 진짜 별것 아니야. 그저 그 아이에게는, 상드라에게는… 이게 그 애 엄마인 거야!

새엄마 당신 딸에게, 이 드레스가 그 애 엄마라고?!

아빠 그래! 우리 집에서는, 그 애가 자기 방에 이 드레스를 늘 곁에 두곤 했어. 그저 아이가 잠들 수 있게 도와주는 거야! 아이들이 사용하는 방법이지! 심각한 게 아니라고! 곧 괜찮아질 거야! 그러면 아이는 우리를 괴롭히지 않고 가만 둘 거야. 알겠어? 아이는 자기 엄마와 함께… 자기 엄마 드레스와 함께… 자기만의 삶을 살아갈 거야. 그

게 다야! 사실, 이건 다 우리를 위한 일이야! 우리가 함께
할 수 있기 위해서라고! 우리 둘이!

사이.

새엄마　절대 안 돼!

아빠　뭐라고? 절대 안 된다고?

새엄마　당신의 전 부인은 절대로 내 집에 올 수 없어!

아빠　하지만 그녀는 죽었잖아.

새엄마　상관없어! 그 여자가 내 집에서 산다는 건 있을 수
없는 일이야! 그뿐이야!
(아주 어린 소녀가 갑자기 복도에 나타나 마네킹을 집어
들고 매우 빠르게 나간다. 아빠와 새엄마는 손쓸 틈이 없
었다. 그들은 아연실색한 것 같다.)
무슨 일이지? 뭐야?

아빠　상드라야.

새엄마　상드라, 뭐야?

아빠　와서… 드레스를 가져갔어.

새엄마　맞아. 내가 똑똑히 봤어! 그런데 당신은 뭐 하고 있어?

아빠　내가 뭘 하냐니?

새엄마　당신 뭐 하는 거야?

아빠　곰곰이 생각해볼게.

새엄마　곰곰이 생각해본다고?

아빠　그래.

새엄마　당장 당신 딸 방에 가서 그 드레스를 찾아, 그리고 정원에서 불태워버려.

아빠　불태우라고?

새엄마　뭐, 문제 있어?

아빠　상드라가 절대로 허락하지 않을 거야.

새엄마 당신에게 당신 딸 의견을 물어보라고 부탁하는 게 아니잖아. 그 애한테서 그 드레스를 다시 찾아와. 당신이 다시 가져가겠다고 말해. 그 애 엄마, 그 드레스… 그 애가 그것을 망가뜨려서 수선하겠다고 말해. 아니면 아무거나, 뭐든 이야기를 꾸며내든… 어쨌든 서둘러!

아빠 그렇게 간단한 게 아니야.

새엄마 어머, 아니, 아이에게 어른답게 처신하는 게 쉽지 않은 거겠지. 자, 그럼 당신이 잘 생각하고 선택해. 전 부인이야, 나야? 당신의 삶을 여기에서 아니면 다른 곳에서, 이렇게 분명한데! 당신이 결정해! … 자, 그럼?

아빠 아이 방에 가볼게.

새엄마 아주 좋아. 난 위에서 기다리고 있을게. 정원에서.

아빠는 그의 딸 방이 있는 곳으로 나간다.
새엄마는 반대편으로 가버린다.

scène 9

여자 목소리 아주 어린 소녀의 엄마의 드레스를 그녀의 아

빠가 다시 가져간 후, 소녀의 고독은 여느 때보다 더 견디기 힘든 것이 되었습니다. 그래서 그녀는 몇 달 동안 스스로 억누르던 것을 다시 시작했습니다.

(사이.)

소녀는 이야기를 상상하는 일에 빠져버렸습니다. 그녀에게 용기를 주는 이야기, 그녀를 미소 짓게 만드는 이야기들을 상상하고, 그녀를 둘러싸고 있는 벽 위에 그것들을 투사했습니다. 하지만 그런 불안정한 시간이 흐른 후 아주 어린 소녀는 그녀의 시계가 제대로 작동하지 않았고, 알람도 울리지 않았다는 것을 깨달았습니다. 어쩌면 그녀가 배터리를 교체하지 않았는지도 모르겠어요. 상상에 사로잡혀 있던 소녀는 다시 한번 엄마를 생각하는 것을 잊어버렸던 것입니다. 어떤 비난도 그녀가 스스로에게 느꼈던 분노의 감정에는 미치지 못했죠. 그녀는 차라리 누군가가 자신을 벌하고, 끔찍하게 고통받으면 좋겠다고 생각했어요. 그렇지만 그날 밤 그녀가 저질렀을지도 모를 잘못에 어떤 벌을 줄 수 있을까요?

scène 10

다음 날.

가족이 모여 있다. 새엄마의 손에는 작은 종이가 들려 있다. 아주 어린 소녀는 침울해 보인다.

새엄마 이 집에서는 그러니까, 오래전부터, 아이들이 가사를 돕고 정리 정돈과 청소 같은 단순한 일을 분담해. 아이들이 가사도우미를 돕는 거지.

아빠 아, 그래?

두 자매 네, 물론이죠. 우리는 그 일을 아주 좋아해요.

아빠 그렇군. 아주 좋은 일이군.

두 자매 네.

새엄마 그래서 오늘 아침에 나는 너희들에게 새롭게 맡길 집안일에 대해 말하고 싶구나.

동생 와, 좋아!

새엄마 (그녀의 딸들에게) 자, 공평하게 일을 나누기 위해서 내가 신중하게 생각했단다. 뭐든지 공정하고 공평한 건 중요하니까.

아빠 물론이지.

새엄마 (종이를 보면서, 딸들에게) 자, 그럼 우선 너희 둘은 이제부터 가사도우미를 도와 너희들의 깨끗한 세탁물을 장롱 서랍에 정리하면 좋겠구나.

두 자매 (놀라며) 아, 정말?

새엄마 (단호하게) 그래, 그렇단다. (아주 어린 소녀에게) 그리고 상드라, 너는 가사도우미를 도와서 화장실들과 욕실들, 세탁실, 부엌의 쓰레기통들을 비우고 교체하렴. 그것들을 정원에 있는 쓰레기 수거장으로 옮기면 좋겠는데. 어때, 괜찮니?

아주 어린 소녀 쓰레기통들을 치우라고요? 네, 좋아요! 아주 좋아요.

아빠 잘됐네…. 착하구나! 걱정하지 마. 상드라는 단순하고 상냥한 아이야.

아주 어린 소녀 (그녀의 아빠에게) 무슨 말이야? 난 전혀 상냥하지 않아! 사람들이 진짜 내 모습을 안다면 상냥하다고 하지 않을 걸!

아빠 그만해, 상드라. 아무 말이나 하지 말아라.

새엄마 자, 좋아, 그리고 얘들아, 가사도우미가 부엌일을 하는 동안에도 너희가 도와주면 좋겠는데.

두 자매 아, 그래?

새엄마 그래.

동생 그건 예전에는 했던 일이 아닌데.

언니 부엌 청소는 진짜 역겨워. 기름투성이인 그런 일은 싫다고 했었잖아. 오븐에 들러붙은 기름때 같은 건 너무 역겨워서 토할 거 같다고.

새엄마 어찌 되었든, 토 달지 말아라.
(아주 어린 소녀가 손을 든다.)
그래, 뭐니?

아주 어린 소녀 언니들이 하기 싫다면, 내가 그 일을 기꺼이 할 수 있을 거 같아요. 화덕의 기름때를 청소하고 오븐에 들러붙은 기름때를 긁어내는 일 말이에요. 그 일을 하면 기분이 좋아질 거에요. 게다가 오븐에 들러붙은 기름때나 기름기 청소는, 이미 한 번 해봤어요…. 정말 역겨워요. 엄마가 외출했을 때, 내가 왜 그 일을 시작했는지 모르겠어요. 엄마가 돌아와서 내게 말했어요….

아빠 (그의 딸이 있는 방향으로 몸짓을 하며) 그만해라!

아주 어린 소녀 (이야기를 멈출 수 없다.) 그날, 엄마가 굉장히 신경질을 냈는데…
(아빠는 그의 딸에게 조용히 하라는 신호를 보낸다. 그녀는 말을 멈췄다가 다시 시작한다.)
그런데 엄마가 신경질 내는 일은 드문 일이었어요….

아빠는 그의 딸에게 위압적인 몸짓을 한다.

새엄마 (아주 어린 소녀에게 버럭 화를 내며) 그런데 우리가 조금 전에 너에게 무슨 말을 했었지?! 지금 네 엄마 이야기를 하는 게 아니잖니. 네 엄마 이야기는 더 이상 하지 말아라! 절대로 더 이상은! 우린 네 엄마한테 관심 없어! 네 엄마가 친절했는지 상관하지 않는다고! 네 엄마 얘기는 이제 그만해! 이제 그만해! 그만하라고!

아빠 우리가 조금 전에 너에게 무슨 말을 했지, 상드라!

아주 어린 소녀 아, 참, 그렇지! 잊어버렸네.

사이. 아주 어린 소녀의 시계가 울리기 시작한다. 여느 때와 같은 음악.

새엄마 (아주 어린 소녀에게, 몸이 얼어붙을 정도로 분노한다.) 넌 부엌을 맡아라! 화덕의 때를 닦고! 오븐도! 부엌의 기름때를 청소해!

아주 어린 소녀 (만족한 것처럼) 고맙습니다! 아주 좋아요.

새엄마 가사도우미 대신에.

아주 어린 소녀 고맙습니다.

사이.

새엄마 내가 어디까지 했지?
(자매들에게) 너희들! 한 달에 한 번, 텔레비전 밑에 쌓이는 광고 전단지들을 정리하렴.

동생 가사도우미와 함께?

새엄마 그래.

아주 어린 소녀 (꽤 낮은 소리로, 그러나 들릴 정도로) 우리 엄마는 광고 전단지들을 버렸는데.

아빠는 그의 딸에게 조용히 하라는 신호를 보낸다.

52

새엄마 (아주 어린 소녀에게) 그리고 너는, 유리창에 부딪혀 죽어서 정원 바닥에 쌓이는 죽은 새들을 치워라.

아주 어린 소녀 (만족해서) 아주 좋아요. 그거 좋아요. 죽은 새들, 시체들을 치우는 일을 좋아할 거예요. 내 손으로 죽은 새들을 치우는 일이 내게 도움이 될 테니까.
(짧은 사이.)
우리 엄마, 엄마는 새들을 아주 좋아했거든요.

아빠는 그의 딸에게 조용히 하라는 신호를 보낸다.

새엄마 (아주 어린 소녀에게) 세 개 층에 있는 일곱 개의 위생 시설 물탱크들도 깨끗이 청소해라.

아주 어린 소녀 (만족해서) 일곱 개의 위생 시설 물탱크들, 난 그 일을 좋아할 것 같아요. 일곱 개의 물탱크를 깨끗하게 청소하는 일은 나에게 도움이 될 거예요.

새엄마 이상이다.

아빠 (새엄마에게) 어쩌면 이런 식으로 하는 게 괜찮을 것 같군?!

사이.

아주 어린 소녀 (아빠에게) 엄마는 욕실이나 화장실 청소를 몹시 싫어했는데, 기억나?

아빠는 괴로워 보인다.

새엄마 (아주 어린 소녀에게, 점점 더 난폭하게) 그리고 집 안의 모든 세면대와 욕조도 청소하고 막힌 곳을 뚫어. 머리카락이 가득 차서 막힌 곳 전부를, 특히 내 딸들 방에 있는 머리카락 뭉치들을 치워. 먼지와 뒤섞이고 뒤엉킨 머리카락 뭉치들을 깨끗이 치우라고.

아빠 (새엄마에게) 괜찮을 거야!

아주 어린 소녀 네, 그 일 또한 좋아할 것 같네요. 세면대에서 머리카락을 끄집어내는 건 역겹지만 내게 도움이 될 거예요.

새엄마 좋아.

아주 어린 소녀 게다가 우리 엄마는 긴 머리였는데 머리카락을 늘 온 사방에 흘렸어요.

아빠는 무기력하다. 절망한 것 같다.

새엄마 이상, 여기까지. 우선은 처음으로 각자 이 집에서 새롭게 맡아서 할 일들을 나눴는데 조만간 계속해서 집안일을 나누게 될 거다.

그녀가 나간다. 그녀의 두 딸이 뒤따른다. 아빠는 담배에 불을 붙인다.

아빠 (그의 딸에게) 너도 이해하지. 난 네가 많은 것을 이해할 나이가 되었다고 생각해. 숙녀가 되어가는 거야. 나를 좀 이해해보려고 하렴. 나를 도와줘야 한단다.
알다시피 나도 내 삶이 있어. 평생을 과거 속에서 살 수는 없단다. 나는 아직 젊고, 행복해지고 싶어. 완전히 과거를 잊고 인생의 한 페이지를 넘기고 싶어. 내 인생을 다시 시작하고 싶구나. 새로운 인생을 다시 살고 싶어⋯. 네가 노력해야 하고 나를 이해해줘야 해. 부탁한다. 그렇지 않으면 할 수 없을 거야.

새엄마의 소리가 들린다. "당신 뭐 해? 올 거야? 당신에게 할 말이 있어." 아빠는 깜짝 놀라 질겁하며 그의 담배를 아주 어린 소녀에게 건네고 새엄마를 보러 나간다. 아주 어린 소녀는 신발 밑창에 담배를 비벼 끈다.

세탁실.
두 자매는 세탁기 가까이 앉아 있다.

여자 목소리 몇 주가 지났습니다. 아주 어린 소녀는 집에서 시키는 모든 일을, 단 한 번도 두말하지 않고 모두 받아들였습니다. 그건 소녀의 아빠를 점점 더 짜증나게 했어요. 그래서 그는 담배를 피웠어요, 많이. 앞으로 그의 아내가 될 부인 몰래요.

동생 (그녀의 통화에 몰두해서) 젠장, 젠장, 젠장, 젠장!

언니 (전화기에 대고 말하면서) 전혀 아니야. 끔찍해. 이건 완전히 부당해. 거의 노예라니까. 이런 대접을 받을 정도로 우리가 무슨 일을 한 건지 난 모르겠어. 갑자기 엄마 머릿속에서 고삐가 풀린 거야. 그런 것 같아! 다시 전화할게….

그녀는 전화를 끊는다.

동생 젠장.

언니 우린 노예선 시대로 되돌아간 거야. 착취당하는 거라고.

동생   젠장.

아주 어린 소녀가 들어온다. 그녀는 깨끗한 세탁물이 담긴 커다란 바구니를 들고 있다.

언니   안녕, 상드라!

동생   어이, 몇 시야?
(아주 어린 소녀가 멈춘다. 그녀의 시계를 본다. 동생이 언니에게)
어머, 애한테 담배 냄새가 나는 것 같은데…
(아주 어린 소녀에게) 너 담배 피우지? 아니면 뭐지?

아주 어린 소녀   아니, 전혀. 담배 피우지 않아.

언니   담배 피우면 우리가 너의 아빠에게 말할 거야. 자기 딸이 담배 중독에 빠진 걸 알면 네 아빠가 기뻐하겠네.

동생 (웃음을 터뜨리면서) 상드라… 상드리에!✦

✦ 프랑스어로 '상드리에cendrier'는 재떨이를 의미한다. 소녀의 이름 '상드라'와 발음이 흡사해서 가능한 일종의 말장난이다. '상드리에cendrier(재떨이)'는 이 작품의 원 제목인 '상드리옹Cendrillon(신데렐라)'과도 비슷한 말장난이 가능하다.

언니 (웃음을 터뜨리면서) 너 벌써 일어났어? 아니면 아직 잠자리에 들지 않은 거야, 상드리에?

동생 너 오늘 저녁 쓰레기는 치웠어?

아주 어린 소녀 그럼, 트럭이 지나가는 저녁이었잖아.

동생 가끔 씻어야 해, 상드리에.

언니 오래된 담배꽁초와 오래된 쓰레기라, 특별한 조합은 아니네. 너 지금 어디 가는 거야?

아주 어린 소녀 이것을 옷장에 정리하러 가. 다림질된 거야! 그리고 아직 할 일이 더 있어. 다 하고 잠자러 갈 거야.

아주 어린 소녀는 머리를 긁는다.

언니 그만해. 긁지 마.

동생 (아주 어린 소녀에게) 신경질 내는 거야?

언니 (전화 통화 하는 척한다.) 여보세요, 네? 아, 그래요? 네. 그 아이를 바꿔줄게요…. 어이, 상드리에, 누군가 너를 찾는데!

아주 어린 소녀 아, 그래?

언니   누군지 오랫동안 너랑 통화를 못 한 사람 같은데…?
(사이.)
네 엄마야. 전화 받을래?

아주 어린 소녀 ….

언니   통화하지 않을 거야?

동생   상냥하지 않구나! 그분이 엄청 먼 데서 전화한 거라 통화료가 굉장히 비싼데!

그녀들이 웃음을 터뜨린다.

언니 (계속 전화하는 척한다.)   여보세요, 네? 뭐라고요?
아, 그래요?
(아주 어린 소녀에게) 아, 참, 아니야, 결국 그분이 너하고 말하고 싶지 않대…. 사실 거기서 다른 할 일이 있다고 하네. 이제…
(아주 어린 소녀는 꼼짝하지 못한다.)
자, 이제 우리를 두고 나가줘. 우린 할 일이 있어.

동생   세탁기가 다 돌아가면 열기 버튼을 눌러야 해.

아주 어린 소녀 언니들이 할 일이 그거야?

두 자매 그래, 그런데?!

아주 어린 소녀 세탁기 안에 있는 빨래를 넣어야 하는 사람이 나니까 원한다면 언니들 대신 내가 버튼을 누를게.

언니   우리를 위해서 네가 하겠다고?

동생   지나치게 친절하네!

아주 어린 소녀 (단호하게) 아니, 전혀 아니야. 난 지나치게 친절하지 않아!

언니   어쨌든 그래도 고마워.

동생   우리가 은혜를 갚게 될 날이 올 거야!

언니   안녕, 상드리에!

동생   살살해라, 그거…

그녀는 담배 피우는 동작을 한다.
두 자매가 나가고 새엄마가 들어온다.

새엄마 (아주 어린 소녀에게) 너 아직 여기 있구나! 그렇게 꼼짝 않고 여기서 뭐 하니? 물 위에 떠 있는 죽은 물고기 같구나! 네 아빠는 어디 계시니? 여기 안 계시니? 공상에 잠겨 있니? 엉뚱한 생각은 그만 해라, 애야. 이제는 현실로 들어와야 해! 게다가 이렇게 자세가 나쁘다니, 이럴 수가! 네 자세가 어떤지 보았니? 소녀가 아니라 할머니 같네! 옷도 아무렇게나 입고. 알고는 있니? 외모에 전혀 신경을 쓰지 않는구나! 네가 얼마나 구부정한지 아니? 아흔 살이라고 해도 믿을 지경이야! 우선 자세라도 똑바로 하렴! 노력해! 당당한 태도를 보여줘! 네 안에 에너지를 불어넣어! 그러면 나머지는 아마 자연스레 따라올 거다! 어쩌면 네 등에 뭔가를 장착해야 할지도 모르겠어. 너 그거 아니?! 이런 식으로 계속된다면! 네 몸이 비딱하게 자라지 못하도록 하는 뭔가를 해야겠어! 이렇게 말하는 건 다 너를 위해서야! 아니면 이 년 후에 너는 할머니처럼 보일 거다!
알겠지만 여자는 자신의 이미지를 관리하는 것이 중요해! 그렇게 해야 여성은, 현대 여성은 인생에서 앞으로 나아가는 거라고!
너도 곧 어른이 될 텐데… 인식하고 있긴 하니?! 나를 봐라! 예를 들어, 넌 내가 몇 살처럼 보이니?
(아주 어린 소녀가 뭐라고 중얼거린다.)

뭐라고? 못 들었어!

자, 봐. 똑바른 자세를 하고 있잖니! 이건 내 머릿속에 있는 자세 그대로야! 나는 되는대로 늘어지는 걸 거부한다! 나는 늙는 걸 거부해! 다른 사람들처럼 행동하기를 거부해! 난 필사적으로 싸운다고! 바로 그래서 사람들이 나에게 내 나이로 보이지 않는다고 하는 거야! 내 딸들이 딸이 아니라 자매 같다고 하는 거라고! 사람들이 그 애들을 내 자매로 생각한다니까! 끊임없이! 우선 난 여기에서 젊어! 이 안에서.

(그녀는 자신의 머리를 가리킨다.)

나는 이 안에서 젊음을 유지하려고 노력해. 그게 외부로, 내 몸으로 퍼져 나올 수 있게 하려고, 그래서 다른 사람들이 그런 내 모습을 볼 수 있게 하려는 거라고.

언니 (들어오면서, 동생이 뒤따른다, 그녀의 엄마에게 말을 건네면서) 어머, 문제가 있는 것 같은데.

새엄마 (아주 어린 소녀에게) 내가 하는 말 이해하겠니, 이해하지 못하겠니?

동생 (그녀의 엄마에게, 주장을 굽히지 않은 채) 문제가 있네.

언니 큰 문제가 있네.

새엄마 (아주 어린 소녀에게) 이해하지 못하는 것 같은데?

동생 (그녀의 엄마에게) 나 방금 머리를 긁었어.

언니　저 애가 조금 전에 머리를 긁었어. 연속 두 번.

새엄마 (그녀의 딸들에게) 그래서?

언니　어, 조금 전에 상드라에게 머리를 긁는 걸 봤어. 저 애 머리카락에 벌레들이 있는 것 같아. 그렇다면 저 애가 그걸 우리에게 옮겼겠지.

새엄마 (그녀의 딸들에게) 가당치 않은 망상은 그만둬! 내가 상드리에게… 상드라에게, 저 애 자세가 얼마나 나쁜지, 할머니 같아 보인다고, 쟤가 외모에 전혀 신경을 쓰지 않는다고 설명하는 중인데 말이야. 자, 너희들이 여기 있으니까…
(그녀는 아주 어린 소녀 옆에 자리를 잡는다.)
내가 여기, 옆에 있으면, 너희가 우리를 모른다고 가정해봐. 길에서 우리를 마주친다면, 우리가 걸어오는 것을 본다면… 너희 생각에… 뭐지? 누가 더 젊어 보이겠니?

언니　당연히 엄마지. 분명한데!

새엄마 (아주 어린 소녀에게) 알겠니? 내가 뭐랬니! 아무리 그게 나를 우쭐하게 만든다 해도 그건 안 되는 거야! 그 지경에 이르렀다면 심각하기까지 한 거라고. 그렇게 생각하지 않니? 이해하겠어…?
이제 뭔가를 해야 해. 안 그래? 너 몇 살이지?

아주 어린 소녀가 머리를 긁는다.

동생 쟤가 또 머리를 긁었어. 내가 봤어. (그녀의 엄마에게) 엄마도 봤어? 못 봤어?

언니 (동생에게) 이리 와. 욕실로 가자. 네 머리를 살펴봐야겠어.

동생 (겁에 질려) 아, 싫어. 이럴 순 없어. 나에게 이런 일이 일어나는 걸 원치 않아! 안 돼! 지금은 아냐! 난 너무 젊어! 난 너무 깨끗하다고! 아무 짓도 하지 않았는데 내가 이런 일을 당할 수는 없다고!

그녀들이 나간다.

새엄마 (그녀의 딸들에게) 당황하지 마. 집에 벌레는 없어. (아주 어린 소녀에게) 자, 내가 너에게 무슨 말을 하고 있었지?

아주 어린 소녀 내가 늙어 보인다고, 뭔가를 해야 한다고요!

새엄마 아, 그렇지!

욕실에서 울부짖는 소리가 들린다. 새엄마는 아주 어린 소녀를 다른 시각으로 본다. 아주 어린 소녀가 머리를 긁는다. 새엄마는 갑자기 뒤로 물러서는 행동을 한다.

scène 12

가족이 모여 있다. 아빠는 그의 딸에게 허리부터 턱까지 감싸는 정형외과용 코르셋을 채우는 중이다.

새엄마 (아주 어린 소녀에게) 이건 너를 위해서야. 이게 바로 너 자신에게 해야 하는 말이야!

아빠 (그의 딸에게) 약간 조이지 않니?

아주 어린 소녀 (온순하게) 응, 조여!

아빠 좀 느슨하게 풀어줄까?

아주 어린 소녀 아니.

새엄마 애가 옳아. 의사는 "조여서"라고 했어! 그래야 애를 교정할 수 있다고.

아빠 "조여서"지 '너무 꽉 조여'는 아니야.

언니 저 사람, 뭐가 거슬려서 저러는 건데?! 그게 저 애한테 딱 맞는 거라면!

아빠 (그의 딸에게) 이렇게 조이는 게 너에게 맞는 거야?

아주 어린 소녀 응, 맞아!

새엄마와 두 자매 (아빠에게) 그럼요!

언니 성가시게 대체 왜 그러는 거지!?

아빠 잘 맞는지 확인하려는 것뿐이야!

동생 (아빠를 흉내 내면서) "잘 맞는지 확인하려는 것뿐이야."

아주 어린 소녀 가도 될까? 화장실 청소를 끝내야 해. 하나 남았어.

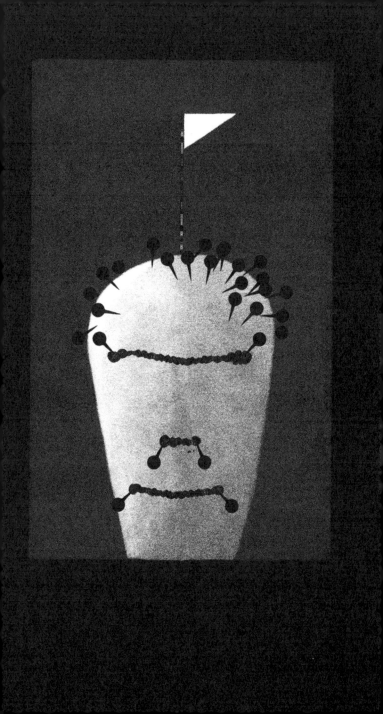

아빠   그래, 가도 된다.

새엄마   가봐라.

아주 어린 소녀   고맙습니다.

그녀가 나간다. 코르셋이 거북한지 걷는 게 부자연스러워 보인다. 두 자매가 그녀를 놀린다.

새엄마 (아빠에게)   당신은 이게 저 애를 위한 것이라는 걸 알아야 해! 지금은 저 애가 깨달을 수 없겠지! 나중에는 우리에게 고마워할 거야.

아주 어린 소녀가 되돌아온다. 작업복 차림이다.

아주 어린 소녀   일 층 화장실에 문제가 있는 것 같아. 꽉 막힌 것 같아.

아빠   그럼 그냥 내버려둬라. 사람을 불러야겠구나.

아주 어린 소녀   무슨 문제가 있는지 살펴볼게. 해볼게. 내게 장비가 있어.

아빠 (짜증을 내며)   그냥 내버려둬! 그건 전문가에게 맡겨라!

아주 어린 소녀는 다시 나간다.

새엄마 (아빠에게) 당신 딸 말이야, 저 애가 당신을 휘어
잡도록 내버려둔다면, 앞으로는 저 애가 당신에게 명령할
거야! 이런 식은 아닌 것 같아. 저 꼬맹이는 자기가 바라는
게 뭔지 알고 있어!

배관을 두드리는 소리가 들리고 폭발음이 들린다. 아주 어
린 소녀는 꽉 막힌 화장실의 더러운 물을 뚝뚝 떨어뜨리며
되돌아온다. 새엄마와 그녀의 딸들은 혐오감에 비명을 지
르고 달아난다.

scène 13

얼마 후 아주 어린 소녀의 방 안. 밤. 아주 어린 소녀는 잠
자리에 들지 않고 침대 위에 앉아 있다.

여자 목소리 아주 어린 소녀는 너무 피곤해서 먹는 것도
잊어버리곤 했고, 살이 빠져버렸습니다. 그러나 소녀는 절
대로 불평하지 않았어요. 어떤 일들은 간단했지만, 어떤
일들은 몹시 불쾌하고 역겨운 것이었죠. 이런 식으로 언제

까지 괜찮을까요?

아주 어린 소녀의 침대 옆에 있는 장롱이 요동치고 흔들
거리더니 마침내 넘어진다. 그다지 외모에 신경 쓰지 않은
것 같은 한 여인(요정)이 어렵게 거기에서 나온다.

아주 어린 소녀　오, 도대체 여기서 무슨 일이 일어나는 거
야?! 문제가 있나? 아니면 뭐지?

요정　제기랄, 제기랄… 다칠 뻔했네.

아주 어린 소녀　당신 그 안에서 뭘 하는 거예요?

요정　내 실력을 발휘해야 하는데 잘못 계산했어…. 잠
들어버렸거든. 그런 것 같아! 제기랄!

아주 어린 소녀　내 장롱 속에서 잠들었다고요? 더군다나
우리 서로 알기는 해요? 모르죠?

요정　몰라. 우리가 보는 건 처음인 것 같아.

아주 어린 소녀　그런데 이렇게 내 방 안에 들이닥치는 거예
요?

요정 (아주 놀란 모습으로) 이게 네 방이야?

아주 어린 소녀 뭐… 그런데 난 당신과 이야기할 시간이 없어요. 미안해요!

요정은 담배 하나를 꺼내 불을 붙인다.

아주 어린 소녀 오 오 오 오, 당신한테는 이런 식으로 사는 게 별문제가 아닌 거예요?!

요정 내가 담배 피우는 게 너한테 방해가 되니? 창문을 열면 돼!

아주 어린 소녀 창문이 없어요.

요정 아, 그래? 창문이 없어?

아주 어린 소녀 네, 당분간이지만 이런 상태예요. 사실 나에게는 이게 적합해요! 별로 좋지 않고 이상하지만 이게 나와 어울린다고요!
(요정은 기분 좋게 담배 연기를 내뿜는다.)
그런데 너무 스스럼없는 거 아니에요?

요정 (그녀의 담배를 가리키면서) 이 물건을 멈출 수가

없어. 대단하거든. 모든 시도를 다 해봤지만 성공하지 못했어!

아주 어린 소녀 저런, 그런데 난 당신을 몰라요. 당신을 한 번도 본 적이 없어요. 당신은 내 방 안에서 담배를 피우고요. 게다가 당신 인생에 대해 말하는 걸 내가 들어야 하나요? 하지만 난 당신 이야기를 들을 수 없어요. 중요한 일을 해야 하거든요. 난 혼자 있는 게 필요하고 고요한 시간이 필요하다고요! 자, 그러니 이제 나를 혼자 내버려두면 좋겠어요! 여기서 나가든지, 아니면 적어도 조용히 하든지! 확실히 알아들었죠?

요정 네가 해야만 하는 일이 뭔데?

아주 어린 소녀 말했잖아요. 난 더 이상 당신 말을 듣고 싶지도, 당신과 말하고 싶지도 않다고요!
(짧은 사이.)
중요한 건, 나는 엄마를 생각해야만 해요. 엄마가 그렇게 부탁했으니까요. 그건 중요하니까요.
(아주 어린 소녀의 시계가 울리기 시작한다.)
바로 이게 내가 해야 하는 일이에요.

요정 네 시계 알람은 밤에도 울리니?

아주 어린 소녀 네!

사이.

요정   넌 삶이 즐겁지 않구나!

아주 어린 소녀 내가 뭐라고 했죠!

요정   미안!

아주 어린 소녀 고마워요.

요정   사실이네. 네 삶은 지루하기 짝이 없구나. 넌 절대로 깔깔 웃지도 않아. 너의 삶에는 즐거움이 없어. 다른 사람들은 깔깔대며 신나게 지내는데. 넌 알고 있니?!

아주 어린 소녀 다른 사람들은 신경 쓰지 않아요. 놀고 즐기는 건 필요 없어요. 그런 건 어린애들이나 필요한 거죠. 난 다른 할 일이 있어요. 내 기분을 푸는 것보다 중요하고 더 어른스러운 일이요. 그리고 어쨌든 즐기고 놀려면 그럴 만한 자격이 있어야 하는데, 난 그럴 자격이 없으니까요. 자, 이걸로 이야기 끝났어요! 이제 챠오.✦ 엄청나게

✦ 챠오ciao는 이탈리아어로 '안녕'이라는 의미이다.

바보 같은 말을 쉬지 않고 하는데, 그만해요. 나가면서 장
롱도 닫아주고요!

(사이.)

어쩌면 난 진짜 못된 애인지 몰라요…. 엄마를 생각하는
일을 잊어버렸는데, 얼마 동안 그랬는지도 모르겠어요. 그
래서 엄마는 이제 진짜 죽음 속으로 빠져버렸을지도 몰라
요…. 사정이 그래요. 이제 만족하겠군요!

그녀는 몹시 격앙되어서 울먹거린다.

요정   너 우는 거야? 아, 안 돼! 난 옆에서 징징거리는 거
못 견뎌. 특히 어린애들.

아주 어린 소녀 (기분이 상해서 버럭 화를 낸다) 난 징징거
리지 않아요. 도대체 무슨 말을 하는 거예요! 아니에요. 대
체 당신은! 그런 식으로 나에게 모욕을 주다니, 그만하면
됐어요. 충분해요. 네, 그런데 우선 당신 말이죠, 그런 식으
로 나에게 말하는 당신, 대체 누구죠?

요정   내가 누구냐고?

아주 어린 소녀 (몹시 화가 나서) 네, 대체 당신 누구예요?

요정   나?

77

아주 어린 소녀 그래, 너 누구야? 끊임없이 나를 비웃고 우습게 여기잖아. 너 누구야? 잠깐은 괜찮아도! 그런데?

요정   그런데?

아주 어린 소녀 너 누구냐니까?

요정   난 누굴까?

어린 소녀 그래, 너 누구냐고? 어서.

요정   요정.

아주 어린 소녀 누구의 요정?

요정   뭐라고? 누구의 요정이라니? 너의 요정. 너의 요정이라고!

아주 어린 소녀 나의 요정이라고? 나에게 요정이 있어?

요정   그래, 그런 일도 있는 거야!

아주 어린 소녀 그런데 요정이라는 게 이런 거야?

요정　오 오, 이봐, 넌 아직 나를 모르잖아!

아주 어린 소녀　나에게 요정이 있기를 바란 적이 없는데요.

요정　그건 바란다고 되는 게 아니야! 그냥 그렇게 되는 거야. 그뿐이야!

아주 어린 소녀　당장 누구든 나에게 당신이 진짜로 요정이라고 말해줄 수 있나요?

요정　나는 모르지.

아주 어린 소녀　당신, 마술사예요?

요정 (주머니에서 트럼프를 꺼내면서) 물론이지. 나는 마술을 할 수 있어…. 내 능력을 쓰지 않고, 스스로 터득한 마술이야. 보여줄게…. 아무거나 카드 한 장 뽑아봐.
(아주 어린 소녀는 카드 한 장을 뽑는다. 요정은 집중한다.)
하트 7이지?

아주 어린 소녀　거의!

요정　8!
(아주 어린 소녀는 '근접하지만, 그것은 아니'라고 손짓

79

한다.)

9!

(아주 어린 소녀는 '좀 더 낮다'고 손짓한다.)

6!

(아주 어린 소녀는 같은 신호를 보낸다.)

5!

(아주 어린 소녀는 같은 신호를 보낸다.)

4, 스페이드 4.

(아주 어린 소녀는 '네 그러나 아니오'라는 표시를 한다. 그리고 그녀는 어떤 카드 패인지 알려주기 위한 동작을 한다.)

스페이드! 스페이드 4! 알아냈어. 드디어 내가 알아냈어!

(아주 어린 소녀는 카드를 돌려준다.)

아 이런, 다이아몬드 4네.

아주 어린 소녀 푸- 난 스페이드라는 신호를 보내지 않았고, 다이아몬드라고 신호했는데…. 대단하진 않네요! 자, 이제 난 다시 집중해야 해요.

아주 어린 소녀는 침대 위에 앉는다.

요정 그래, 알아. 대단하지 않지. 연습을 더 해야 해. 마술을 보여주기 위해서 요정으로서의 능력은 더 이상 쓰지 않고, 여러 책에 나온 것들을 스스로 배워서 하겠다고 결심했어. 진짜 마술사들처럼…. 그들은 착각을 일으키는 속임수를 쓰잖아.

아주 어린 소녀 그렇게 하는 게 무슨 소용이 있어요?

요정   그러는 게 좀 더 재미있잖아. 실패할 수도 있지만, 성공하면 난 미칠 듯이 기뻐서 방방 뛰지. 미친 여자처럼 말이야.

요정은 아주 어린 소녀 옆으로 가서 침대 위에 앉는다. 그런데 침대가 그 무게로 무너진다. 요정은 우지끈하며 부서지는 침대 밑판에 파묻힌다.

아주 어린 소녀 오, 괜찮아요. 내 침대는 이미 상태가 좋지 않았어요!

요정 (빠져나오려고 시도하면서) 정말 미안하게 됐어. 내가 고쳐줄게.

아주 어린 소녀 (요정이 일어나도록 돕는다.) 아니요, 아니요, 그냥 뒤요!
(요정은 드디어 일어선다. 그녀는 웃음보가 터진 듯 웃음을 그치지 못한다. 카드와 함께 엉키며 뒤죽박죽이다.)
와줘서 고마워요, 정말로.

요정　　기다려봐. 너한테 카드 마술을 다시 해 보이겠어.
알게 될 거야…. 다른 카드 한 장 뽑아봐….

요정이 카드를 가지고 헤매는 것처럼 보여서 아주 어린 소
녀가 요정을 도우러 다가간다.

아주 어린 소녀　아니죠. 이렇게 한 장을 뒤집어놓아야죠.

요정　　그래, 그렇지, 그렇지… 자, 해봐.

아주 어린 소녀 (계속 요정에게 보여주면서)　그리고 카드
전부를 이런 식으로 잡고… 그러고 나서 그 카드인 척하
는 거죠!

요정　　아, 알았어. 자, 해봐. 아무거나 한 장 뽑아….

아주 어린 소녀 (참견하면서)　아니, 그 카드 아니고.

요정　　아, 그래, 제기랄.

아주 어린 소녀　그럼, 하나 뽑아요.
(그녀는 카드 한 장을 뽑는다.)
이건 강력한 거예요.

요정   아? 퀸?!

(아주 어린 소녀는 '좀 더 크다'는 몸짓을 한다.)

킹?

(아주 어린 소녀는 '좀 더 크다'는 몸짓을 다시 한다.)

에이스? 하트 에이스?!

아주 어린 소녀 (소리치면서) 맞아요!

요정 (기뻐 어쩔 줄 모르면서) 그렇지, 그럴 줄 알았어! 좋아, 나쁘지 않군…. 난 열심히 하고 있어…. 내가 구할 수 있는 모든 책을 읽고 있다고.

아주 어린 소녀   으음.

요정   "으음"이라니 뭘 말하고 싶은 거야?

아주 어린 소녀 그래도 요정이라면서, 그런 식으로 마술을 계속 실패하는 게 정상인지 잘 모르겠네요.

요정   넌 나를 못살게 구는구나! 사람을 지치게 하네! 사실 난 피곤하다고!

요정은 아주 어린 소녀의 침대 위에 눕는다.

아주 어린 소녀 당신이 많이 부족한 건 아니에요.

요정 너도 내 나이가 되면 알게 될 거야! 왜 피곤한지.

아주 어린 소녀 몇 살인데요?

요정 네가 말해봐. 나 몇 살 같아?

아주 어린 소녀 서른일곱.

요정 아니!

아주 어린 소녀 그럼 몇 살인데요?

요정 다음 달에 팔백칠십넷. 한두 살 차이는 있겠지만 내 생각에 그래!

아주 어린 소녀 팔백칠십넷이요?

요정 그래, 처음 이백 년은 아주 멋졌어. 그 후론 조금씩 지루해지기 시작했지. 그리고 대략 삼백 살부터는 정말로 진저리가 났어. 삶에 경이로움이라는 게 더 이상 없는 거야. 난 모든 걸 다 해봤어. 시간은 달팽이 기어가듯 느리게 흘러가고 더 이상 동기부여가 안 되는 거야. 의기소침

84

하고 우울하고. 난 대략 아흔 번 결혼했었어. 아이들이 열차 여러 대만큼 있었지. 몇이나 되는지 세어보지도 않았어, 너무 많아서…. 그런데 말이야, 사랑은 처음 열다섯 번 정도는 대단해. 그다음엔 사실 완전히 되풀이되거든.

아주 어린 소녀 당신은 불멸의 존재인가요? 아니면 뭐죠?

요정 그래, 요정이 바로 그런 거야. 그게 요정 신분에 어울리지. 우린 불멸의 존재거든.

아주 어린 소녀 그럼 당신은 죽지 않아요?

요정 그래, 하지만 내가 말한 것처럼 처음에는 좋은데 시간이 좀 지나면 그건 피곤한 일이야. 왜냐하면 항상 똑같으니까.

아주 어린 소녀 모든 것에 무감각해진 거네요?

요정 난 네가 부러워. 넌 앞으로 수많은 것들을 처음으로 경험할 테니까. 너도 알게 되겠지만 그건 정말 대단한 일이야!

아주 어린 소녀 예를 들면 뭐가요?

요정　남자들, 사랑.

아주 어린 소녀　멋대로 아무 말이나!
(아주 어린 소녀의 시계가 울리기 시작한다.)
도대체 내가 여기서 당신과 뭘 하는 거지! 완전히 미쳤어!
자, 이제 가세요. 이미 말했잖아요. 시간이 지나가게 내버
려두다니! 이렇게 아무것도 아닌 일을 하고 있다니! 가라
고요, 빨리!

요정　오오, 좀 진정해! 우린 동물이 아니야!

아주 어린 소녀　자, 일어나요. 정신분석은 끝났어요. 집으
로 돌아가는 거예요. 난 다시 집중해야 해요.

요정　어디로 나가야 해?

아주 어린 소녀　당신이 원하는 곳으로.

요정　안녕, 또 보자.

아주 어린 소녀　당신하고는 더 이상 말하지 않겠어요. 당신
말을 더 이상 듣지 않겠다고요.

요정이 나간다.

86

2막
DEUXIÈME PARTIE

scène 1

얼마 후, 겨울. 집의 커다란 방. 아주 어린 소녀가 밖에서 유리창을 닦고 있는 게 보인다.

여자 목소리 시간이 흘렀습니다.
겨울이 찾아왔고 이 집에서 변한 것은 아무것도 없었습니다. 아니, 있었죠…. 어느 날 가사도우미가 병들었는데, 그들은 가사도우미를 다른 사람으로 교체하는 게 유익하지 않다는 결론을 내렸습니다.
(아빠가 손에 편지를 들고 들어온다.)
여느 아침과 같은 어느 날 아침, 아주 어린 소녀의 아버지는 정원에 있는 우편함에 우편물을 찾으러 갔습니다. 그는 일반적인 것과는 매우 다른 특별한 봉투 하나를 가지고 돌아왔는데… 아무도 감히 열어보지 못했습니다.
(아빠는 우편물을 열고 그것을 읽기 시작한다. 두 자매에 이어서 새엄마가 합류한다.)
그 우편물은 수십만 가족들 가운데 그 가족이 당첨되었다고 알리는 것이었습니다. 왕자의 생일을 축하하기 위해 왕궁에서 열리는 파티에 가족이 초대받은 것이었어요. 아주 어린 왕자는 태어난 후 계속 세상과 동떨어져 지냈습니다. 그런데 왕은 더 이상 왕자가 이렇게 세상과 멀리 지내는 것을 멈춰야 한다고 결정했어요. 왕은 성대한 축하 파티를 준비했습니다.

(새엄마가 기절한다.)

아주 어린 소녀의 아빠의 아내가 될 부인은 그 소식을 듣고 기절초풍했습니다. 그녀가 이런 격한 감정에서 벗어나 다시 정신을 차리는 데는 시간이 걸렸습니다.

아빠와 두 자매는 기절한 새엄마 옆에서 분주히 움직인다. 아주 어린 소녀는 유리 칸막이 뒤에서 그 장면을 목격한다.

새엄마 (제정신으로 돌아온다.) 이 모든 게 우연은 아니야…. 완전히 우연일 수는 없어…. 우연이 아니야… 맞아….

아빠 (새엄마에게) 우리가 제비뽑기에서 당첨된 거라고 하네.

새엄마 (아빠에게) 난 우연을 믿지 않아…. 믿지 않는다고….

여자 목소리 아주 어린 소녀의 아빠의 아내가 될 부인은 말했습니다. 어느 날 걸어서 왕의 궁전 앞을 지나갈 때 그녀에게 시선이 쏠리는 걸 느꼈었다고요. 그녀는 말했습니다. 그 시선은 왕궁으로부터 오는 것이었고, 분명히 이번 초대가 그날 그녀가 느꼈었던 것과 관련이 있을 거라고.

scène 2

거울 앞, 새엄마와 그녀의 두 딸이 파티복들을 입어보고 있다.

언니   긴장 돼…. 그 파티를 생각하면 너무 떨려.

동생   나도 마찬가지야.

새엄마 그 순간을 놓칠 정도로 바보같이 굴면 안 돼.

언니   이런 얘기를 나누다니, 겁나.

동생   꿈을 꾸는 것 같아…. 아직 완전히 믿지 못하겠어.

새엄마 (버럭 화를 내면서) 꿈같다는 이야기는 그만둬!

동생   아니, 뭐, 어쨌다고?

새엄마 "꿈을 꾸는 것 같아!" 너희들 정말 바보 같구나!

동생   하지만 조금은 꿈 같잖아. 우리에게 이런 일이 생기리라고는 전혀 상상도 못 했으니까.

새엄마 이제부터 '꿈'이라는 단어를 내뱉으면 내가 목을 졸라버릴 거다! 도대체 이런 고질적인 어리석음은 누구를 닮은 건지 정말 궁금하구나! 이게 꿈 속에서 일어나는 일이라면 우리는 잠을 자고, 아무것도 안 하겠지. 그런데 지금 나는 행동하고 싶어. 잠자고 싶은 게 아니라고…. 이해하겠니? 우리는 우리를 기다리고 있는 이 현실을 당연히 받을 자격이 있으니까. 이제 알겠니? 나를 따라 말해봐라. "이건 현실이다. 우리에게 일어나는 일, 이건 꿈이아니다."

두 자매 "이건 현실이다. 우리에게 일어나는 일, 이건 꿈이아니다."

새엄마 됐다, 멍청이들! 하루 저녁 동안, 우리는 왕과 왕자들 그리고 이 나라 주요 인사들과 나란히 서 있게 되는거야. 그 하루 저녁 동안에는 우리는 그들과 동등하게 그들과 나란히 서 있게 될 거라고. 어쩌면 그들과 친분을 쌓을 수 있을지도 모르지. 왜 우리가 그들의 친구가 되는 걸상상하면 안 되니…. 예를 들어, 왕… 그는 단순한 사람이야. 그런 것 같더라. 너희에게 비밀을 하나 털어놓을게. 난 아주 어릴 때부터 내 진가만큼 제대로 대우받지 못한다고 느꼈어. 난 결혼했고, 아이들이 생겼지….

두 자매 어, 그래, 우리.

새엄마 결혼 생활과 아이들을 위해서 내 인생을 희생했어. 그래서 나는 제대로 살지 못했지. 하지만 언젠가는 제대로 인정받을 거라고 느껴. 내 마음속 깊이 그게 느껴져.

아빠 (새 드레스들을 손에 들고 들어오면서) 모두 같은 생각을 하는지 모르겠지만, 난 이 모든 게 정말 꿈같다는 생각이 드는군.

새엄마 아니, 이럴 수가! 정말이지 난 바보들에게 둘러싸여 있는 거야! 우리가 이 모든 기회를 우리 것으로 만든다면 진짜로 뭔가 일어날 거 같은데….

언니 어쨌든 어떻게 옷을 입어야 할지 모르겠어.

아빠 음, 그래, 왕이 사는 곳에 가려면 어떻게 입어야 하는지 아나?

동생 또한 왕자가 사는 곳에.

96

두 자매는 갑자기 웃음을 터뜨린다.

언니 엄마도 알겠지만, 누구도 그 사람을 본 적이 없어.

새엄마 (짜증을 내며) 어, 그래, 나도 알아.

동생 어쩌면 못생겼을지도 몰라.

언니 왜 못생겼을 거라는 거야? 난 그가 멋질 거라고
확신해!

아빠 그거군. 얘가 왕자 생각에 빠져 있어!

새엄마 더 이상 바보같은 말을 지껄여대는 걸 못 참겠다!
(아빠에게) 특히 당신!
(아주 어린 소녀가 들어온다. 그녀는 기성복을 입힌 마네
킹을 가져온다. 상점의 쇼윈도에 있는 것과 같은 멋진 의
상을 입은 마네킹. 새엄마는 마네킹을 가리킨다.)
이게 뭐니?

아주 어린 소녀 언니들이 가져오라고 했어요.

언니 (아빠를 가리키며) 이분을 위한 옷인데. 이분도 차려
입어야 하잖아. 아니야? 어쨌든 이분 때문에 우리가 부끄

러우면 안 되잖아.

동생 (새엄마에게) 이분도 가야 되는 게 확실해?

아빠　거 친절하군. 고마워.

언니 (아주 어린 소녀에게) 너는, 갈 거야, 안 갈 거야?
(새엄마에게) 얘도 가는 거야, 엄마?

아주 어린 소녀　아니.

아주 어린 소녀가 나간다.

새엄마　아무튼 저 아인 아무것도 하고 싶어 하질 않아. 저 애의 관심을 끄는 건 오로지 집안일뿐이라고. 적어도 그건 분명해.

언니　어쨌든 다른 사람들보다 먼저 왕자를 볼 수 있다면 난 발이라도 자를 수 있어. 다들 실감 나지 않겠지만 이건 엄청난 일이야.

두 자매는 마네킹에 다가가서 몸을 바짝 붙인다. 도가 지나친 연애 행각을 흉내 내면서.

98

동생   흥분되는 일이야.

언니   죽을 정도로.

새엄마   (새 드레스를 입는데 집중해서) 좀 조용히 해라.

동생   그는 우리 나이 또래야. 그런 것 같아.

언니   그 생각을 하면 죽을 것만 같아.

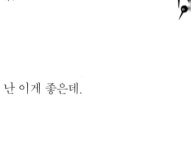

새엄마 (딸들의 태도를 눈여겨보면서) 그 마네킹 가지고 하는 짓 그만둬. 도대체 너희 뭐 하는 거야. 정신 나갔니?! 머리가 어떻게 된 거 아니야. 내 불쌍한 딸들… 어떤 옷을 입을지, 거기에 신경을 써야 해. 우리의 첫인상, 모든 게 거기에 달렸어. 그걸 놓치면 안 돼!

아빠   그럼 안 되고말고!

동생 (새 드레스를 입어보면서) 난 이게 좋은데.

새엄마   어디 보자.

동생   어때?

새엄마 그 드레스, 나에게 건네줘. 잠시 내게 줘보렴.

동생 제일 먼저 이 드레스를 찾아낸 건 난데.

새엄마 어머어머, 가여운 내 딸, 너 정말 어린애 같구나!
그 드레스 내게 주렴! 어쨌든 너에게는 그 옷이 어울리지
않는 것 같구나.

새엄마는 그녀의 딸에게서 드레스를 낚아채고 입어본다.

아빠 당신에게 아주 잘 어울려. 더 젊어 보이네….

새엄마 내 나이로 보이지 않아서 곤란할 때가 많아. 옷을
어떻게 입어야 할지 난감하지.
(드레스를 보면서) 이거 괜찮은데… 그런데… 뭔가 충분
하지가 않아…. 뭐라 말해야 할지 모르겠지만 뭔가…
(그사이 두 자매는 마네킹 가까이로 다시 왔다. 그녀들은
마네킹에 입힌 바지 단추를 푼다. 마네킹은 발목에 바지를
걸친 채 맨다리를 드러내고 있다. 새엄마는 분노한다.)
마네킹 가지고 하는 짓거리 그만두지 못해? 말도 안 돼. 그
런 것에 정신이 팔려 있다니, 이럴 수는 없어!
(두 자매는 웃으면서 달아난다. 새엄마는 거울 속에 비친
그녀의 드레스를 바라본다.)
괜찮아. 그런데 충분치 않아…. 충분치 않아. 뭐랄까…

그녀는 단어를 찾으려 애쓴다.

아빠 (덧붙이며) 스타일에서…

새엄마 무슨 스타일?

아빠 스타일에서… 시대… 잘 모르겠네….

새엄마 으음! 모르면 좀 조용히 해!

아빠 저것도 있어.

아빠는 그녀에게 루이 14세 스타일의 다른 드레스 하나를
건넨다.

새엄마 으음.

아빠 기다려봐. 다른 것을 하나 더 찾아다줄게. 내 생각
에… 에 있어서… 더…

그가 나간다. 새엄마는 거울 속에 비친 자신의 모습을 응
시한다. 아주 흡족해하며, 존경을 나타내는 큰절을 흉내
내고 마네킹에게 다가간다. 그녀는 마네킹에게 뛰어들어,
사랑에 빠져 어쩔 줄 모르는 여인처럼 얼싸안는다. 아빠가

또 다른 드레스를 가지고 돌아온다. 새엄마는 몹시 난처하지만 아닌 척하면서 멀어진다.

scène 3

집의 복도. 아주 어둡다.

여자 목소리 아주 어린 소녀의 아빠의 아내가 될 부인과 그녀의 두 딸은, 그날 저녁 왕과 왕자들이 입을 파티복을 상상하고 그대로 똑같이 입기로 했습니다.
(새엄마가 들어온다, 이상한 두 남자와 함께.)
훌륭한 재단사들의 재능 덕분에 사람들은 자신의 외모를 아름답게 만들 수 있습니다. 그런데 또 다른 훌륭한 예술가들 덕분에 사람들은 자신의 몸 그 자체를 고쳐 변화시킬 수 있지요. 이런 행위들은 널리 퍼져 있었지만 극비리에 실행되었습니다.
(세 인물이 복도를 가로질러 나간다.)
아주 어린 소녀의 아빠의 아내가 될 부인은 약간은 수수께끼 같은 인물들을 맞이했는데, 그들은 그녀를 진찰하고 놀랄 만한 효과를 내는 치료법을 처방해주러온 것이었습니다.
(이제 두 자매가 들어와 빠른 속도로 그녀들의 엄마와 두 남자가 나가버린 문 쪽으로 향한다. 그녀들도 나간다.)

어느 날 그녀의 두 딸이 불시에 그녀를 찾아와서는 그녀와 같은 혜택을 받을 수 있게 해달라고 요구했습니다. 그녀는 결국 허락했습니다.

그해엔 널리 퍼졌던 유행이 있었는데, 특히 젊은이들 사이에서 성행했습니다. 작은 귀가 조롱의 대상이 되었죠. 아무도 그런 귀를 갖고 싶어 하지 않았어요. 두 딸은 파티가 열릴 때 자신들이 돋보일 수 있는 성형 수술을 허락받았습니다. 그녀들은 수술 결과에 대만족했습니다.

scène 4

왕의 파티로 출발. 아주 어린 소녀의 방 안, 소녀는 침대에 누워 있다.

여자 목소리 그토록 기다리던 중요한 날이 왔습니다.

아빠 (정장 차림에 루이 14세 스타일의 가발을 쓰고, 담배를 피우면서) 그럼 우리는 간다…. 너만 여기 남겨두려니 좀 난처하구나….
(그는 나갈 준비를 하며 그의 담배를 넌지시 가리킨다.)
오늘은 이게 마지막이야. 약속해! 어쨌든 난 선택의 여지가 없어. 그녀와 함께 있을 때는 담배를 피울 수 없거든…. 네가 오지 않는 게 더 나을지 몰라. 알겠지만… 이 파티가 아이들에게도 재미있을지는 확실하지 않단다. 자, 그럼 간다….

아주 어린 소녀 그럼, 음, 안녕.

아빠 (그는 딸만 남겨두어 양심에 가책을 느낀다.) 그래, 음, 안녕…. 알겠지만 요즈음 난 인생이 즐겁지 않아. 그 사람, 저 위에 있는, 그녀가 얼마 전부터 견디기 힘들구나. 내가 완전히 투명 인간이 된 기분이야….
(새엄마 소리가 들린다. "도대체 뭐야. 당신 뭐 해? 오는 거야? 기다리잖아!)
자, 내가 없다는 걸 그녀가 알아차렸구나. 이제 간다.

그는 서둘러 그의 딸에게 담배를 건네고 가버린다. 장롱 뒤에서 요정이 나온다.

요정   넌 안 가?

아주 어린 소녀 (작은 재떨이에 그녀의 아빠의 담배를 끄면서) 네!

요정   가고 싶지 않다고 네가 그랬어, 아니면 그들이?

아주 어린 소녀 내가요. 난 그런 것에 신경 쓸 정신이 없어요. 전혀 없어요.

요정 아, 그래? 그럼 넌 집을 지키는 거야?

아주 어린 소녀 뭐, 그렇죠.

요정 그들은 개 한 마리 없어?

아주 어린 소녀 지난번처럼 당신과 계속 이야기할 수는 없어요.

요정 나라면, 처음으로 그런 파티에 갈 수 있고, 또 그런 순간에 사람들이 느끼는 모든 것, 감동이나, 긴장, 흥분 같은 걸 느낄 수 있다면 엄청 좋을 것 같은데. 내가 너라면 난 갈 거야. 확실해. 난 더 이상 그런 감정을 느낄 수 없거든. 난 너무 오래 살았어.

아주 어린 소녀 뭐, 나는 당신과 똑같지 않으니까요. 난 그러고 싶지 않아요.

요정 난 네가 가끔이라도 즐기고 싶은 욕망이 전혀 없다고는 생각하지 않아.

아주 어린 소녀 어, 뭐, 아니에요. 그런 식으로 '다른 사람의

생각을, 그 사람보다 내가 더 잘 안다' 그거네요! 이제 나를 그냥 좀 내버려둘 수 없나요?

요정   네 엄마 생각을 해야 하니?

아주 어린 소녀의 시계가 울리기 시작한다.

아주 어린 소녀 네, 바로 그거예요.

요정   그런 파티는 약간 바보 같을 게 분명해. 하지만 가끔은 좀 바보 같은 것들을 하는 것도 재밌어. 넌 왕과 왕자들을 본 적이 있어?

아주 어린 소녀 어차피 난 입을 옷이 아무것도 없어요.

요정 (바로 기뻐하면서) 걱정하지 마. 그건 내가 맡을게.

아주 어린 소녀 당신의 마술로요? 그건 지난번에 봐서 알고 있어요. 대단하지 않잖아요. 사실은 당신이 처음부터 요정 이야기로 나를 교묘히 속이고 있는 건 아닌지 의심이 들어요.

요정   어머나, 그만, 그만해라.

요정이 사라진다. 갑자기 불이 꺼진다.

아주 어린 소녀 요정이 어디로 가버린 거지?
(폭풍우가 몰아친다. 천둥, 소란, 멀리서 들리는 외침. 아주
어린 소녀는 겁에 질려 울부짖는다. 잠시 후 모든 것이 잠
잠해진다. 요정이 돌아왔다. 요정은 담배에 불을 붙인다.)
당신이 이렇게 했어요? 다음번에는 미리 알려줘야 해요.
겁먹었잖아요!

요정 너는 날 의심했어!

아주 어린 소녀 이제 다시 불을 켜지 않을래요?

요정 좋아, 거기 가자. 그 파티에 가서 한 바퀴 둘러볼까?

아주 어린 소녀 좋아요. 그런데 다시 불을 켜요!

요정 와, 좋았어! 네 드레스는 내가 책임질게. 이거 재
미있겠는데!
(다시 불이 켜진다. 엄청나게 커다란 상자가 방의 일부를
차지하고 있다.)
와, 멋져!

아주 어린 소녀 이게 뭐죠? 내 방은 어디로 간 거예요? 어

떻게 된 거죠?

요정 네 방은 신경 쓰지 마! 자, 그럼 넌 저 안으로 들어가.

아주 어린 소녀 대체 이게 뭐예요?

요정 마술 상자야. 그걸로 원하는 모든 것을 만들어낼 수 있어. 드레스를 새로 만드는 것보다 훨씬 더 빠를 거야.

아주 어린 소녀 저 안에서 무슨 일이 벌어지는데요? 나를 뭘 어쩌려고요? 마술사의 마술이에요, 아니면 아마추어의 마술이에요?

요정 걱정하지 마. 난 열심히 공부하고, 발전하고 있어. 책들을 읽고 완벽한 단계에 이르렀다고. 자, 그만 말하고 저 안으로 들어가.

아주 어린 소녀 나에게 아무 일도 생기지 않는 게 당신에게도 좋을 거예요.

아주 어린 소녀는 마술 상자 속으로 들어간다.

요정 이봐, 어!

아주 어린 소녀 (상자 안에서) 어, 여기 너무 어두워요!

요정 당연한 거야. 자, 긴장 풀어. 문제없이 잘될 거야. 내가 집중해야 하니까 그만 말해. 이건 오십 년대에 발명된 마술이야. 완전히 궤도에 올랐어. 자, 머릿속으로 센다.

아주 어린 소녀 (상자 안에서) 그런데 내가 어떻게 입고 싶은지 물어보지 않았잖아요!

요정 걱정하지 마. 내게 아주 멋진 파티복 아이디어가 있어! 자, 너 이제 조용히 해야 해!
(그녀는 마술사 같은 커다란 동작을 한다. 그러자 상자 안에서 엄청나게 큰 '빵' 소리가 들리면서 연기가 피어오른다. 아주 어린 소녀가 소리 지른다.)
오, 괜찮아?
(다시 조용해진다.)

아주 어린 소녀 (상자 안에서) 무슨 일이 일어난 거예요?

요정 아무 일도 아냐. 좋아, 잘됐어! 원한다면 나와봐. 솜씨를 보게!
(아주 어린 소녀가 기침하면서 상자에서 나온다. 그녀는 군악대장 차림이다.)
제기랄, 실패.

아주 어린 소녀 내 모습을 볼 수 있는 거울이 없네요.

요정   없어. 필요 없어. 실패했어. 이건 첫 번째 시도였
으니까, 다시 상자 속으로 돌아가. 다시 집중해야겠어!

아주 어린 소녀 (상자 속으로 들어가면서) 연기가 너무 많
아서 무서워요! 이 상자는 절대로 아이들을 위한 게 아니
네요.

요정   준비됐어?

아주 어린 소녀 (상자 안에서) 서둘러요!

요정   내가 머릿속으로 3.3초를 셀 거야.

아주 어린 소녀 (상자 안에서) 이번에도 또 실패할 거 같아
요. 그런 느낌이 들어요!

요정은 조금 전과 똑같이 마술사 같은 동작을 되풀이한다.
엄청나게 크게 '빵' 소리가 들린다. 연기.

요정   오, 괜찮아?

사이.

아주 어린 소녀 (상자 안에서) 도대체 출구가 어딘지 보이지가 않아요!

요정   허풍은 그만해라!

아주 어린 소녀 (상자 안에서) 아, 여기, 찾은 것 같아요.
(아주 어린 소녀는 양으로 변장한 모습으로 상자에서 나온다.)
출구를 못 찾아서 얼마나 겁 먹었는데요!

요정 (지치고 낙심해서) 아, 이게 아닌데, 다시 해보자.

아주 어린 소녀 이제 저 안으로는 안 들어갈래요. 저 안이 어떤지 당신이 가서 보세요. 얼마나 겁나는데요! 그리고 저기에서 나올 수 없다면…

요정   나오는 데는 아무 문제 없어.
(요정이 상자 안으로 들어간다.)
내부는 완전히 정상이야!

아주 어린 소녀 이제 다시 나와봐요.
(사이.)
자, 그럼?… 자, 그럼?

요정 (상자 안에서) 어떻게 나가야 하는지 모르겠네.

아주 어린 소녀 내가 그랬잖아요! 당신의 진정한 능력을 사용하고 싶지 않아요?

요정 (상자 안에서) 절대! 자, 잠시 생각해보자….

사이.

아주 어린 소녀 아! 아이디어가 떠올랐어요. 엄마가 내게 드레스를 많이 줬는데, 엄마가 내 나이였을 때, 엄마의 숙모 결혼식에서 입었던 것도 있어요. 그 드레스가 어디 있는지 알아요. 내가 그걸 어딘가에 몰래 감춰뒀거든요. 그걸 입을 수 있겠어요.

요정 (상자 안에서) 좋아, 오케이! 상태가 별로 좋지는 않겠지만, 그렇게 하면, 적어도 시간을 허비하진 않겠다.

아주 어린 소녀 그런데 파티에 가려면 어떻게 해야 하죠?

요정 (상자 안에서) 여기서 나갈 수 있는 방법을 찾고 있어. 나가면 내가 차로 십오 분 안에 데려다줄게. 맘에 들어?

아주 어린 소녀 차가 있어요?

요정 (상자 안에서) 어, 아니, 하지만 내가 한 대 찾아낼 수 있어.

아주 어린 소녀 한 대 훔치려는 건 아니죠?

요정 (상자 안에서) 물론 아니지.

아주 어린 소녀 훔치는 건 나쁜 거라고 엄마가 그랬어요.

요정 (상자 안에서) 자, 이봐, 너 또 시작인데… 음, 너의 엄마와…

아주 어린 소녀 네, 알아요. 내가 사람들을 짜증나게 한다는 걸. 그럼 난 이만 가볼게요.

아주 어린 소녀가 나간다.

scène 5

같은 시간, 왕의 궁 근처. 새엄마와 아빠와 두 자매는 파티장 쪽으로 걷고 있다. 그들 모두 루이 14세 스타일의 무도회 의상을 입고 있다. 새엄마의 드레스가 특히 화려하다.

여자 목소리 왕의 파티에 가기 위해서, 아주 어린 소녀의 아빠의 아내가 될 부인과 소녀의 아빠와 두 언니는 운전 기사가 딸린 호화로운 자동차를 한 대 빌렸습니다. 그들은 마지막 몇백 미터는 걸어가고 싶어 했습니다. 파티장에 들어갈 수 없는 구경꾼들이 그들의 화려한 옷차림을 보며 감탄할 수 있게 하려는 것이었죠. 아주 어린 소녀의 아빠의 아내가 될 부인은 그들이 도착하면서 만들어낼 효과에 대해 절대적으로 확신하고 있었어요. 그러나, 사실대로 말하자면, 그녀는 왕과 왕자들을 현실 속 모습보다는 꿈속에서의 모습으로 더 많이 상상했습니다. 궁전 문 앞에서 그들은 불안감 같은 것을 느꼈습니다.

scène 6

잠시 후, 궁전 앞. 네 사람은 문지기에게 그들의 초대장을 보여준다. 궁 안에서 매우 현대적인 음악이 흘러나온다.

동생 (내부를 흘낏 보며) 끔찍해.

언니 (그녀 역시 본다.) 문제가 있어. 이건 전혀 우리가 상상했던 게 아니야! 가서 봐. 끔찍해!
새엄마가 보러 간다.

동생　집으로 돌아가서 옷을 바꿔 입어야 해! 빨리!

새엄마　도대체 무슨 일이지?! 아니, 이럴 수가! 사람들이 미친 거야, 뭐야!
(동생이 달아난다.)
재 어디 가는 거야?

언니　집으로 돌아가는 거야. 빨리 옷을 바꿔 입어야 한다네. 우리처럼 입은 사람은 아무도 없어.

새엄마　정말 끔찍하군! 대체 누가 이런 옷을 입을 생각을 한 거였지?

언니　엄마잖아!

새엄마　절대로, 나 아냐! 저이야!
(그녀는 아빠를 가리킨다.)

언니　나도 집으로 돌아갈래. 옷을 바꿔 입어야겠어.

새엄마　옷을 바꿔 입으러 가는 건 생각할 수 없는 일이야. 시간이 없어! 우린 그냥 이대로 들어가는 거야. 우스꽝스러워지는 건 다른 사람들이야. 우리가 아니라고. 둘이 먼저 가. 나도 뒤따라 갈게!

언니   뭐라고?

새엄마   어서 가. 안으로 들어가. 이건 명령이야!

언니   절대 안 돼!

새엄마   그만 따져라! 계속 이러면, 네 일기장을 복사해서 뿌리겠어. 내가 그렇게 할 수 있다는 거 너도 알지. 안으로 들어가!
(아빠에게) 당신도! 나도 뒤따라 갈게.

언니와 아빠가 마침내 들어간다. 새엄마는 그들을 눈길로 쫓아간다. 파티장 안에서 야유와 조롱 소리가 새어나온다. 잠시 후, 언니가 다시 나온다.

언니   엄마, 사람들이 그분을 붙잡았어. 그 시대에 춤춘 것처럼 춤춰보라고 하면서. 조롱하고 있다고. 끔찍해. 난 집으로 돌아갈래.

그녀가 가버린다.
(사이.)
새엄마는 아빠를 기다릴까 그녀 역시 가버릴까 망설이는 것처럼 보인다. 그녀는 작은 양산으로 얼굴을 가리고 가려고 한다. 아주 젊은 남자(왕자)가 들어온다. 새엄마는 그와 부딪혔고, 젊은 남자는 바닥에 넘어진다.

아주 어린 왕자 죄송합니다.

새엄마 죄송해요.

아주 어린 왕자 제가 죄송하죠.

새엄마 어, 네, 아니요, 저죠.

아주 어린 왕자 당신 때문에 놀랐어요…. 우린 서로 모르는 사이죠.

새엄마 네, 몰라요. 그런 것 같아요.

아주 어린 왕자 당신에게 경의를 표합니다.

새엄마 네, 당신에게도.

아주 어린 왕자는 궁전 쪽으로 가던 길을 계속 간 후 궁전으로 들어간다. 새엄마가 나간다. 아주 어린 소녀가 그녀의 엄마가 입었던 결혼식 드레스를 입고 요정과 함께 들어온다. 왕자가 궁전에서 다시 나오고, 그의 아빠, 왕이 뒤따라 나온다. 파티장에서 박수 소리가 새어나온다.

왕   너 뭐 하는 거냐?

아주 어린 왕자 이렇게 사람이 많을 거라고 하지 않았잖아.

왕   네가 네 생일을 맞이해서 노래 한 곡 불러보고 싶어 했었잖니. 그렇게 말한 사람은 너야. 넌 노래 부르는 걸 좋아하잖아.

아주 어린 소녀와 요정이 그 대화를 듣고 있다.

아주 어린 왕자 그래, 뭐, 그런데 이렇게 사람들이 많을 줄은 몰랐어. 난 사람들 앞에서 노래 부르는 건 좋아하지 않거든….

왕   결국엔 사람들을 만나야 해. 너는 곧 성인이 될 거야. 계속 숨어 지낼 수는 없어. 불가능한 일이야. 가봐라. 부탁이다. 모든 사람들이 너를 기다리고 있어. 그들 모두가 너를 알고 싶어 해. 네가 곧 그 사람들 모두의 왕이 될 거라는 점을 잊지 말아라. 평생 숨어 있을 수는 없을 거야.

아주 어린 왕자 그리고 엄마가 전화할 시간이야. 오늘 저녁에 엄마가 전화할 거야. 그렇게 느껴져. 엄마의 전화에 대비해서 전화기에서 너무 멀리 떨어져 있고 싶지 않아.

왕　　알겠지만, 너의 엄마도 네가 생일잔치에 참석했다는 걸 알면 기뻐할 거야. 생일잔치에 당사자가 참석하지 않으면 애석하잖니. 그러니까 넌 네 엄마를 생각하면서 노래를 부르기만 하면 되는 거야. 그럼 엄마도 기뻐할 거다.

아주 어린 왕자　아, 그래, 그건 그렇지.

왕　　그래! 거봐라!

아주 어린 왕자　좋아. 그럼 가보겠어!

왕　　아주 잘하는구나. 내 아들.

왕과 아주 어린 왕자는 궁 안으로 들어간다. 안에서 군중의 환호성이 들린다. 아주 어린 소녀도 호기심이 나서 들어간다.

scène 7

잠시 후, 궁전 안. 아주 어린 왕자는 무대 위에서 손에 마이크를 들고 관객이 있는 방향으로 걷는다. 다음과 같은 목소리가 들린다. "신사 숙녀 여러분, 여러분께서 아주 오래전부터 기다리던 사람, 바그람과 노르망디의 왕자가 오늘 저녁, 여러분을 위해 노래를 부르겠습니다. 그의 가족에게 헌정한, 특별히 그의 아버지에게 헌정한 노래를 영어로 부르겠습니다."
관객들의 환호성. 우아, 우아.
아주 어린 왕자는 어린아이 같은 목소리로, 캣 스티븐스의 〈아빠와 아들〉 후렴구를 노래한다. 노래가 끝나기 직전에, 아주 어린 소녀는 아주 어린 왕자에게 가까이 다가가기 위해서 무대 안쪽으로 슬며시 들어간다. 그는 그녀를 눈여겨본다. 노래 끝. 관객들의 우렁찬 박수.

scène 8

잠시 후, 궁전 문 앞. 안쪽에서 박수 소리와 환호성이 들린다. 브라보. 아주 어린 소녀는 무척 감동하여 궁전에서 나온다. 그녀를 기다리고 있던 요정이 그녀에게 다시 들어가라는 표시를 한다. "벌써? 너 벌써 가려는 건 아니겠지?"
아주 어린 소녀는 가던 길을 되돌아 궁전 입구 쪽으로 향한다. 아주 어린 왕자가 궁전에서 나온다. 뛰다시피 하면서, 거의 도망치는 것 같은 모습으로. 그들은 서로 부딪힌다. 아주 어린 왕자가 뒤로 넘어진다.

아주 어린 왕자 죄송합니다.

아주 어린 소녀 죄송해요.

아주 어린 왕자 (일어서면서) 내 잘못이에요. 내 신발을 보고 있었어요!

아주 어린 소녀 아무렇지 않아요. 미안해하지 말아요.

아주 어린 왕자 당신에게 경의를 표합니다.

아주 어린 소녀 당신에게도.

그들은 각자 제 갈 길로 가버린다. 그러더니 그들은 멈춰서, 뒤돌아보고, 서로를 향해 간다. 그들은 어색해한다.

아주 어린 왕자 뭔가 말하고 싶은 건가요?

아주 어린 소녀 음, 아니요…. 내 생각에, 당신이 원한다고….

아주 어린 왕자 음, 아니에요! 그럼, 좋아요…. 자 그럼 안녕히….
날씨가 좋군요. 그렇게 생각하지 않습니까? 해가 없는 게 유감스럽군요….

124

아주 어린 소녀 네, 그렇네요…. 그러나 이 계절에, 밤에 해가 있는 건 드문 일이죠.

아주 어린 왕자 네, 그렇죠! 물론이죠. 자, 그럼 난 이만 돌아가겠어요….

아주 어린 소녀 어쨌든, 당신은… 멋진 구두를 신고 있네요….

아주 어린 왕자 아, 네… 특히 이게 그렇죠. 아닌가요?

아주 어린 소녀 아, 네, 그래요. 당신 말이 맞아요. 두 짝 중에 더 나아요.
(아주 어린 소녀의 시계가 울리기 시작한다.)
어머나, 시간을 잊고 있었네요. 난 돌아가야 해요…. 생각해야 할 게 아주 많거든요. 내가 잊어버리면 안 되는데….

아주 어린 왕자 나도 마찬가지예요. 가야 해요. 엄마 전화를 기다리고 있어요. 오늘 저녁에 틀림없이 엄마가 전화할 거예요.

아주 어린 소녀 아, 네.

아주 어린 왕자 음, 네.

아주 어린 소녀 자, 그럼 안녕.

아주 어린 왕자 안녕.

아주 어린 소녀가 가버린다. 아주 어린 왕자는 그녀가 떠나는 걸 바라본다.

scène 9

아주 어린 소녀의 새엄마의 유리로 된 집 안. 새엄마는 망연자실해서 앉아 있다. 그녀의 큰딸이 그녀 주위에서 왔다 갔다 한다.

여자 목소리 다음 날, 아주 어린 소녀의 아버지의 아내가 될 부인의 유리로 된 큰 집에는 위기가 닥쳤습니다.

새엄마 (비극적인 표정으로) 나 말인데, 떠날 때 누군가가 나를 민 것 같아. 내가 누군가를 민 것이라면 더 안 좋은 상황이겠지…. 어떤 아이, 어리둥절한 기색이 역력한 어떤 젊은 남자. 중요한 누군가가 아니길 바랄 뿐이야…. 그 생각을 안 하고 싶어. 그게 중요한 누군가라면… 설상가상으로, 최악 일 거야….

126

언니　그래도 왕자 안으로 '푹 들어가' 세게 들이받지는 않았겠지?

사이.

새엄마 (버럭 화를 내면서, 위협적으로)　대체 너 방금 무슨 말을 한 거냐? 바보 같으니라고! 절대로 다시는 방금처럼 말하지 마! 알겠어?! 그런 식으로 나에게 말하는 것, 금지야! 네 평생, 절대로 다시는 나에게 그런 식으로 말하지 마! 알겠어?

언니　그렇지만 바로 엄마가 나에게 좀 전에 말하길…

새엄마　주의해, 너! 정말로! 나 악독해질 수 있어. 너에게 아주 악랄하게 할 수 있다고! 심지어 너희 모두를 짓밟아버릴 수도 있어! 난 너희를 완전히 없애버릴 수 있다고! 알겠니? 바로 너희 때문에 모든 게 끝장난 거야. 모든 걸 망쳐버린 거야. 모든 게 망가져버렸다고! 우린 인생에서 희망이 하나 있었어. 새로운 삶에 대한, 다른 삶에 대한 작은 희망이. 그런데 너희가 그걸 망가뜨렸어. 너희가 그걸 부숴버렸다고! 이제 모든 게 망가지고, 모든 게 끝장났다고!

동생 (들어오면서)　엄마.

새엄마   형편없는 얼간이 같으니, 뭐?

동생   엄마 저기, 문에 누가 있어….

새엄마   저기, 문에 누가 있든지 말든지 무슨 상관이야?!

동생   그런데, 누군가가…

새엄마   넌 인생에서 할 일이 그것밖에 없니? 문 근처에서 어슬렁거리는 것뿐이냐고? 그러면서 누군가가 우리를 귀찮게 하러 올 때까지 기다리고 있는 거야?

동생   엄마, 그 사람이 그러는데…

새엄마   그가 뭐라고 하든 상관없다는 걸 넌 모르겠니?

동생   그가 자기는 왕이고 엄마와 이야기하고 싶다고 하는데… 게다가 사진 속 왕의 모습과 닮았어.

사이.
새엄마와 언니, 아연실색한다.

새엄마   대체 무슨 일이지? 우리에게 무슨 일이 일어나는 거야? 우리가 무슨 짓을 했지? 절대로 멈추지 않을 건가?

맙소사, 악몽이 계속되는 건가? 아니면 반대로, 예기치 못한 한 줄기 빛인가?

동생 엄마, 구체적으로 난 뭘 해야 해?

새엄마 몰라. 모르겠어. 정신이 없어.

왕이 두 명의 경비병에 둘러싸여 들어온다.

왕 죄송합니다. 실례를 무릅쓰고 독특하고 훌륭한 여러분의 저택에 승낙 없이 와서, 자연스럽게 여러분의 집 안으로 들어왔군요. 내가 좀 바쁘고, 무엇보다 여러분을 오랫동안 방해하고 싶지 않아서 그래요.

새엄마 폐하.

왕 장-필립이라고 부르세요.

새엄마 전하, 편안히 계십시오.

왕 앉아 계세요⋯. 예고 없이 찾아와 죄송합니다만, 알아보니 내가 어제 나의 아들을 축하하기 위해 연 파티 손님 명단에 여러분도 있었던 것 같더군요.

새엄마 물론입니다. 우리는 바로 그 이야기를 하고 있었습니다. 환상적인 파티였습니다.

왕 더군다나 나로서는 상당히 중요한 사건이 발생했으니 더욱 환상적이죠. 나의 아들이 누군지 모르는 어떤 사람을 만났는데, 그가 그녀에게 관심을 보였거든요….

새엄마와 두 자매 아, 그렇습니까?

왕 네, 장담하지만 이건 흔한 일이 아니에요. 이런 내밀한 것까지 말하는 걸 양해해주세요. 나의 아들이 자기 엄마 이외의 다른 사람에게 관심을 보이는 게 처음이에요.

새엄마와 두 자매 아, 그렇습니까?

왕 이 사건은 절대로 평범하지 않아요. 나의 아들에겐 약간 슬픈 특별한 이야기가 있어요. 나는 누군지 모르는 그 사람을 꼭 찾고 싶고, 아들에게 그녀와 만날 기회를 다시 주고 싶어요. 그래서 지금부터 이 주일 후에 두 번째 파티를 열 것이고 그 사람이 파티에 참석할 수 있도록 모든 노력을 다 하려고 해요.
(아주 어린 소녀가 청소기를 손에 들고 들어온다.)
여러분이 그녀가 누군지 확인하는 걸 도와줄 수 있다면, 적어도 그녀에게 알리도록 도와줄 수 있으면 좋겠어요.

아주 어린 소녀 죄송하지만, 말씀이 언제 끝날까요? 청소기를 돌려야 해서요.

왕 아주 오래 걸리지 않아요.

아주 어린 소녀 다른 곳으로 가서 말씀 나누실 수 있으면 모를까, 난 이 일을 끝내고도 할 일이 아직 많아서요, 게다가 이미 늦은 시간이고요.

새엄마 (아주 어린 소녀에게 매우 신경질 내며) 아니, 대체 뭐니? 우리가 바쁜 게 안 보이나 보네요.
(왕에게) 죄송합니다, 전하. 청소부입니다.

왕 아주 젊군요.

새엄마 아시겠지만, 저 애가 어려 보이지만 자기 나이만큼입니다! 저 애는 자기 일을 무척 좋아합니다.

아주 어린 소녀 그럼 기다리겠어요.

왕 자, 여러분에게 거의 다 말했어요.

새엄마 아주 흥미롭습니다, 그런데 누군지 모르는 그 사람에 관한 단서들은 갖고 계십니까?

왕　　내가 겨우 주워 모을 수 있었던 건 사소한 것들이에요. 내 아들은 말을 많이 하지 않아요. 그의 말에 따르면, 그 소녀는 아주 예쁜 크림색 드레스를 입고 있었다는군요.

새엄마 (놀라서) 예쁜 크림색 드레스… 아. 네….

두 자매　엄마 드레스는 크림색이 아니었지?

왕　　그녀와 오랫동안 이야기를 나누지 못한 내 아들이 말하기를, 이런 표현을 사용해 죄송하지만, 그 사람이 먼저 "그의 안으로 푹 들어가" 세게 부딪혔다고 해요.

언니　　아?

새엄마 (뭔가를 깨달으면서) 아, 그렇습니까?

왕　　네, 그들의 만남은 무척 빠르게 스쳐 지나갔던 거예요. 그 소녀는 굉장히 급했고, 그래서 그녀가 먼저, 그가 말하듯이 "그의 안으로 푹 들어가" 세게 부딪힌 거예요….

새엄마　아, 네, 참 이상하네요.

왕　　보잘것없는 것들이죠. 인정합니다. 게다가 나의 아들은 그 소녀의 얼굴을 마음속에 깊이 새길 시간이 없었다고 해요. 하지만 무척 감동했었다고 말했어요.

사이.

새엄마 (무척 감동해서, 묘한 태도로) 그런데 전하… 제가 전하에게 도움을 드릴 수 있을 것 같습니다….

왕　　 아, 그렇군요.

두 자매 아, 그래?

새엄마 (여전히 묘하게) 네, 그 사람의 신원에 대해 작은 생각이 떠오른 것 같습니다….

두 자매 아, 그래?

아주 어린 소녀 아, 그래요?

왕　　 아, 그래요?

새엄마 네, 심지어 제가 그 사람을 잘 아는 것 같습니다. 희한한 일이네요. 제가 곧바로 그녀를 생각해내지 못했다는 게…. 하지만 곰곰이 생각해보니…

두 자매 그게 누군데?

왕 (열광적으로) 아, 어마어마한 일일 거예요! 그럼 내가 그녀를 위해 준비하려는 두 번째 파티 소식을 그녀에게 알릴 방법이 있는 거죠?

새엄마 물론입니다. 그리고 그녀가 파티에 참석하도록 설득할 수도 있을 겁니다.

왕 대단하군요.

두 자매 그런데 누구야?

새엄마 얘들아, 그녀의 익명성을 지키는 것이 더 좋을 것 같구나.

왕 완전히 동감합니다. 게다가 내가 준비하는 파티에 대해 내 아들이 알아서는 안 돼요.
여러분도 아는 것처럼, 그 아이 엄마는 아들이 다섯 살 때 죽었어요. 아들에게 너무 커다란 고통을 겪게 하고 싶지 않아서, 그날부터 나는 그녀가 여행을 떠났다고 했고, 끊이지 않는 교통 파업 때문에 돌아오는 데 어려움이 있다고 말했어요. 그런데 그녀가 아들에게 전화하지 않는 것을 둘러대기 위해서는 매일 저녁 새로운 거짓말을 찾아내야 해

요. 그건 정말 끔찍한 일이에요.

새엄마 (울먹울먹하면서) 정말 끔찍하네요…. 가여운 아이. 하루하루가 지나가는데, 여전히 엄마를 기다리는군요.

왕   아이들을 좋아하시는 것 같군요?

새엄마 (과도하게) 아, 네, 무척 좋아합니다.

왕   그 애가 마침내 자기 엄마 이외의 누군가에게 관심을 보인다는 걸 알고, 내가 얼마나 미칠 듯이 기뻤는지 이해하시겠군요.

아주 어린 소녀 전하 아들의 엄마가 죽었어요? 그런데 그는 그 사실을 몰라요?

새엄마 (엄격하게) 애가, 애가 어디에 끼어드는 거야?

왕   그래요, 몰라요, 내 아이는….

새엄마 저 애를 용서하세요. 정말이지 저 애는 자기가 무슨 말을 하는지 모릅니다.

왕   부인, 별일 아니에요. 앞으로 다가올 대단한 일을 생각하니 믿을 수 없을 정도로 기분이 나아졌어요. 이제 작별 인사를 해야겠어요. 부인에게 맡기겠습니다…. 당신을 믿고 맡기겠어요.

새엄마 네, 그러셔도 됩니다.

왕 안녕히 계세요, 부인. 잘 있어요, 아가씨들. 나의 무한한 감사를 표합니다.

새엄마와 두 자매 안녕히 가십시오, 전하.

그가 나간다.

언니 (그녀의 엄마에게) 미쳤어. 말도 안 돼!

동생 그런데 그 사람이 누구야?

비밀스럽고 말이 없는 새엄마가 나간다. 두 자매가 그녀를 뒤따라 나간다. 아주 어린 소녀는 홀로 남아 있다, 손에 청소기를 들고서.

얼마 후, 유리로 된 집 안. 새엄마가 복도에서 뛰어다닌다. 그녀의 딸들이 그녀 뒤를 쫓아가려고 하지만 헛된 일이다.

여자 목소리 왕의 방문 이후, 아주 어린 소녀의 아빠의 아내가 될 부인은 계속 이상야릇한 미소를 짓고 있었습니다. 그녀는 왕이 여는 새로운 파티에 그녀의 딸들이나 미래의 남편 없이, 혼자 가길 바란다고 말했습니다. 그녀의 딸들은 죽고 싶을 만큼 실망했지요. 딸들은 너무 궁금했어요. 왕자의 마음을 사로잡은 그 대단한 사람은 누구일까? 자신들의 엄마가 아주 잘 알고 있는 그 사람은 누구일까? 아주 어린 소녀의 아빠의 아내가 될 부인은 사방으로 뛰어다녔습니다. 그녀는 인기 있는 가장 유명한 상점에서 쇼핑을 했습니다. 첫 번째 파티에서 얻은 교훈으로 새로운 파티에 입을 드레스를 골랐다고 말했어요. 고전적인 것과 과거에서 벗어나 다음 단계로 나아가야 한다는 것이었습니다. 현대로 진입해야 한다는 거였죠. "젊음, 그것이 미래다"라고 그녀는 말했어요. 아주 어린 소녀의 아빠는 이 주 전부터 그의 방에 틀어박혀 지내고 있었습니다. 그는 완전히 버림받은 것 같았어요. 그리고 아무도 그를 눈여겨보지 않았기 때문에 그는 숨기지 않고 담배를 피웠습니다.
중대한 저녁이 다가왔고, 그 부인의 머릿속에서 무슨 일이 벌어지는지는 아무도 알 수 없었습니다.

scène 11

왕궁에서 열리는 두 번째 파티 저녁. 아주 어린 소녀는 엄마의 드레스를 입고 그녀의 방 침대 위에 앉아 있다. 요정이 들어온다.

요정 (매우 숨이 가빠서) 기막혀라! 이럴 줄 알았어! 몇 시인지 봤어? 대체 뭐 하고 있는 거야? 틀림없이 이럴 줄 알았어. 그래서 내가 온 거야. 안 그러면 넌 분명히 가지 않을 거라고 생각했거든. 주차하느라 내가 얼마나 애먹었는지 몰라. 거의 자정이 다 됐어. 너한테 알리는데, 거기 파티는 이미 시작됐다고. 대체 뭘 그렇게 미적거리는 거야?

아주 어린 소녀 파티에 가지 않겠어요. 가고 싶지 않아요.

요정 가고 싶지 않다고? 너를 믿지 못하겠어. 그럼 넌 왜 이 드레스를 입은 거야?
(아주 어린 소녀의 시계가 울리기 시작한다. 요정은 버럭 화를 낸다.)
너 또 이 시계로 우리를 성가시게 하는구나! 분명히 말하지만, 너의 엄마가 이 시계 소리를 듣게 되면 그것 때문에 정말로 망가져버릴 거야, 네 엄마의…. 너, 알림 소리를 바꾸고 싶지 않니? 이 소리는 견디기 힘들어. 너한테 엄마를 더 이상 생각하지 말라고 강요하는 게 아니야. 오로지 그 생각만 하지는 말라는 거야. 그건 같은 게 아니잖아. 제기랄, 너의 엄마는 죽었어…. 너의 엄마는 불멸의 존재가 아니니까, 너의 엄마는 죽었다고. 그런 거야…. 애석하게 생각해….

(자정을 알리는 열두 번의 종소리가 들린다.)

자, 미안하지만, 더 이상 다툴 시간이 없어! 이제 어떻게 할래?

아주 어린 소녀 좋아요. 갈게요. 그런데 정말로, 당신을 기쁘게 해주기 위해서예요.

요정 그래, 자, 친절하네. 됐어. 나를 기쁘게 해주기 위해서라니. 아무것도 아닌 것보다는 낫군.

요정은 문 쪽으로 그녀를 데려간다.

scène 12

얼마 후, 궁전 앞. 왕은 그의 아들과 이야기를 나누고 있고, 거기에서 몇 발자국 떨어져 서 있는 새엄마를 가리킨다. 새엄마는 굉장히 이상하고 아주 현대적인 드레스를 입고 있다.

여자 목소리 두 번째 파티는 첫 번째 파티보다 훨씬 더 훌륭했습니다. 왕은 아주 어린 소녀의 아빠의 아내가 될 부인이 그의 아들에게 지난번에 그토록 아들의 마음을 흔들어놓았던 그 소녀를 소개해주기를 애타게 기다리고 있었습니다.

아빠에게 용기를 얻은 아주 어린 왕자는 마침내 새엄마에게 다가간다.

새엄마 (감동해서, 왕에게 들리지 않게 낮은 소리로) 안녕하세요.

아주 어린 왕자 (난처해하며) 안녕하세요.

새엄마 자… 내가 왔어요. 내가 다시 왔어요. 내가 여기 있어요…. 나는 모든 걸 잘 알고 있어요…. 내가 어떻게 아는지 묻지 말아요…. 난 알고 있고, 그게 전부예요.

아주 어린 왕자 (무척 놀라서) 아, 그런가요?

새엄마 내가 온 것은 당신이 느끼고 있는 것을 당신 혼자

서 겪은 게 아니었다고 말하기 위해서예요.

아주 어린 왕자 아, 그런가요?

새엄마 우선 우리가 처음 만났을 때 우리 사이에 무슨 일이 일어났던 건지 제대로 알지 못했어요.

아주 어린 왕자 아, 그런가요?

새엄마 그래요…. 모든 것이 너무 빨리 일어났어요…. 지난 번과 같은 일을 내가 다시 경험하리라고는 절대 상상할 수 없었어요…. 동화처럼 아름다운…꿈결 같은… 아니에요. 우리는 서로 거의 알지 못하는데… 당신은 아무 말도 하지 않나요?

아주 어린 왕자 ….

새엄마 아니에요! 아니에요, 아니에요. 아무 말도 하지 말아요…. 당신이 나에게 말하는 것이 필요한 건 아니에요. 난 내가 알고 있는 것을 아는 것만으로도 만족해요.

아주 어린 왕자 아, 그런가요?

새엄마 솔직히 말하면, 나 역시 이 모든 것이 너무 두려워요.

143

아주 어린 왕자 아, 그런가요?

새엄마 그런데 내가 그 문제에 대해 깊이 생각해봤어요. 나는 포기할 수 없어요…. 나는 우리에게 일어난 일을 마음껏 누리고 싶어요…. 당신은 어떻게 생각하는지 모르겠어요. 당신은?

아주 어린 왕자 (아연실색하며) ….

새엄마 아니, 아니, 아니에요. 아무 말 하지 말아요. 당신이 맞아요…. 당장은 말고…
(사이. 부드럽게) 내 사랑… 당신은 무척 연약해 보여요…. 나 자신도 몹시 연약하게 느껴지네요…. 내가 당신 가까이 있을 때… 당신은 떨고 있는 것 같네요….
(아주 어린 왕자는 말하고 싶어 한다. 새엄마가 그의 말을 자른다.)
조용히… 아니, 말하지 말아요. 어쨌든… 이게 더 나아요….
우리는 곧 엄청나게 큰 어려움에 직면할 거라는 걸 알고 있어요. 곧 편견과 맞서게 되리라는 것을요. 당신에게 묻겠어요. 얼마 동안은 우리의 감정을 비밀로 간직해야 하지 않을까요? 어떻게 생각해요?
(아주 어린 왕자는 대답하고 싶어 하지만, 새엄마가 그의 말을 자른다.)

아니에요. 서두르지 말아요…. 미안해요. 내가 당신을 너무 어지럽히네요…. 당신, 떨고 있군요…. 너무 아름다워요. 당신은 너무 멋져요. 이렇게 둘이서 다시 만나다니 너무 두려워요…. 아, 내 사랑, 나 스스로 다른 여인들과 얼마나 다르게 느끼는지, 내가 다른 남자들과는 얼마나 지루해하는지, 당신이 안다면… 이토록 젊고 연약한 당신 모습을 보니 당신과 아주 가깝게 느껴져요…. 내가 당신의 반영 같다고요…. 마치 과일의 다른 반쪽처럼. 오늘 저녁, 나 자신이 아이처럼 느껴져요…. 당신 점점 더 떨고 있네요.

사이.

아주 어린 왕자 (꽤 낮은 소리로) 당신은 날 겁나게 해요.

새엄마 뭐라고요?

아주 젊은 왕자 당신은 날 겁나게 한다고요.

새엄마 뭐라고요? 내가 당신을 겁나게 한다고요?

아주 어린 왕자는 그의 아빠에게 다가오라는 표시를 한다.

왕 (그의 아들에게 다가가면서) 사랑하는 아들, 무슨 일이냐? 부인께서 지난번의 그 소녀를 알고 있다고 설명하셨니?

(새엄마에게) 그녀가 곧 오는 겁니까? 벌써 도착했나요? 여기 있나요?

아주 어린 왕자 아빠, 이 부인이 나에게 이상한 말을 해. 날 겁나게 한다고.

왕 아, 그래? 부인은 그저, 네가 전에 만난 그 사람을 너에게 소개해주려고 하는 거야.

아주 어린 왕자 이 부인과 더 이상 이야기하고 싶지 않아.

왕 (새엄마에게) 도대체 무슨 일이죠?

새엄마 (비통하게) 전하, 제 생각에 아드님이 우리에 관해 전하께 고백하는 게 두려운 것 같아요….

(아주 어린 왕자에게) 할 수 없군. 내 소중한 사람, 우리는 이제 당신 아빠에게 진실을 밝혀야 해…. 전하, 아드님이 지난번에 전하께 말한 그 사람은 바로 접니다!

왕 (어리둥절해서) 아, 정말입니까?

새엄마 네.

아주 어린 왕자 (단호하게) 절대로 아니야!

새엄마 (놀라서) 뭐라고요?

왕　자, 부인, 그 사람이 부인이라는 건 나로서는 있을 수 없는 일입니다.

새엄마　어머, 그렇지 않아요! 그 사람이 저라고요! 약간 미친 것처럼 보일 수 있다는 걸 저도 알아요! 하지만 그게 진실이에요.

아주 어린 왕자　보다시피 이 부인은 완전히 미쳤어.

새엄마 (상황을 이해하지 못하며) 당신, 무슨 말을 하는 거예요? 지난번 저녁에 당신에게 푹 들어가 세게 부딪힌 사람과 사랑에 빠졌다고 바로 당신이 당신 아빠에게 말했잖아요.

아주 어린 왕자 (그의 아빠에게) 네, 하지만 이 여자가 아니야.

새엄마 (마치 온 세상이 그녀 주위에서 무너져 내리는 것처럼, 아주 어린 왕자에게) 아니, 맞아요. 나라고요! 그러니까 당신에게 푹 들어가 세게 부딪힌 사람이 바로 나라고 아빠에게 말해요.

아주 어린 왕자 어쩌면 당신도 내게 푹 들어와 세게 부딪
혔을지 모르겠어요. 하지만 그래도 당신은 아니에요.

새엄마 (울먹울먹하며) 아니, 맞아요.

왕   그런데 부인, 우기지 마세요. 부인은 무례하거나
아니면 완전히 무책임하군요. 부인을 믿고 맡겼는데 내가
틀렸어요. 당장 여기서 떠나주시면 좋겠습니다.

새엄마 (그녀 주변을 보면서, 믿을 수 없다는 듯이) 무슨
일이 일어나고 있는 거지?
(아주 어린 왕자에게) 당신에게 푹 들어가 세게 부딪힌 사
람은 바로 나에요. 아무리 그래도 난 미치지 않았어요. 내
가 잘 알아요.

왕   가세요, 부인.

새엄마 (울면서) 대체 무슨 일이지?

왕은 그의 경비병들에게 나서라는 신호를 보낸다. "대체
무슨 일이야?" 새엄마는 반복해서 말한다. 경비병들이 그
녀를 붙잡으려고 한다. 그녀는 도망친다. 달린다. 경비병

들에게 쫓기면서 궁전 안으로 들어간다. 그녀 때문에 초대 손님들의 폭소가 터져 나온다. 그녀는 겁에 질리고, 눈물을 흘리며 다시 나온다. 그녀는 신발 한 짝을 잃어버린다. 경비병 중 한 명이 그것을 줍는다. 그녀는 절뚝거리면서 달아난다. 왕은 궁전 안으로 아주 어린 왕자와 함께 들어간다. 아주 어린 소녀가 등장한다.

아주 어린 왕자 (다시 나오면서) 그럼 난 가야겠어…. 돌아가겠어…. 지겨워.

아주 어린 소녀 뭐, 문제 있어요? 떠나는 거예요?

아주 어린 왕자 네, 뭐, 여기서 무슨 일이 벌어지는 건지 아무것도 이해하지 못하겠어요.

아주 어린 소녀 아, 그렇군요?
(사이.)
궁전에서 요즈음 파티 여는 걸 멈추지 않네요!

아주 어린 왕자 약간 예외인 것 같아요.

아주 어린 소녀 이번 파티는 뭘 축하하기 위해서예요?

아주 어린 왕자 모르겠어요. 파티는 아빠가 열었어요. 아빠는 그냥 나에게 오라고 했고요.

아주 어린 소녀 그런데 넌 돌아가는 거야?

아주 어린 왕자 응, 사실 난 오늘 저녁은 좀 바빠. 자정 무렵에 전화 약속이 있거든.

아주 어린 소녀 아, 그렇구나! 또 너의 엄마야?

아주 어린 왕자 맞아.

아주 어린 소녀 지난번에 엄마와 통화하지 못한 거야?

아주 어린 왕자 어, 못했어.

아주 어린 소녀 너에게 물어보고 싶었는데, 그렇게 서로 통화 못 한 지 얼마나 됐어?

아주 어린 왕자 어, 사실, 늘 그랬어! 엄마가 떠난 후부터 전화로 이야기한 적이 한 번도 없어. 이제 그만하면 된 것 같아. 지겨워! 곧 십 년이 되는데!

아주 어린 소녀 십 년?

아주 어린 왕자 그래, 엄마가 여행을 떠난 지, 그리고 교통 파업 때문에 발이 묶여 꼼짝하지 못하는 게 십 년이야. 엄마는 돌아올 수 없는 거야. 생지옥 같아. 너무 오래 걸려!

아주 어린 소녀 엄청나다! 파업으로는.

아주 어린 왕자 무슨 말이야?

아주 어린 소녀 십 년 동안 파업이 계속 되다니, 좀 길다고! (짧은 사이.)
이 이야기에 문제 같은 게 있다고 생각하지 않아?

아주 어린 왕자 네가 말하고 싶은 게 뭔지 잘 모르겠는데?!

아주 어린 소녀 사람들이 너에게 여러 가지 꾸며낸 이야기를 한다고는 생각하지 않니?

아주 어린 왕자 말하고 싶은 게 뭔지 잘 모르겠는데?!

아주 어린 소녀 사는 동안 우리는 수많은 이야기를 머릿속에서 지어내. 그것들이 꾸며낸 이야기라는 걸 알면서도 우린 그것들을 믿고 싶어하지.

아주 어린 왕자 아, 그래? 나는 내가 이야기들을 지어내고 그걸 믿는다고 생각하지 않는데.

아주 어린 소녀 아니, 넌 그래. 왜냐하면 너는 십 년 전부터 한 번도 너와 통화할 수 없었던 엄마가 오늘 저녁에 전화할 거라고 너 자신에게 말하고 있으니까 말이야.

아주 어린 왕자 어째서 그게 사실이 아닐 수 있다는 거야? 엄마가 나에게 전화할 거라고 하는데, 엄마가 그러지 않을 거라고 믿을 이유는 없어. 사람들이 내게 엄마가 전화할 거라고 말한다면, 그건 엄마가 전화한다는 거야.

아주 어린 소녀 미안하지만 그렇지 않아.

아주 어린 왕자 이봐, 나에게 그렇게 말하다니 넌 친절하지 않구나.

아주 어린 소녀 (큰 소리로) 내가 하는 말은, 친절하거나 그렇지 않거나 하는 것과는 아무 상관 없어…. 내가 말하고 싶은 말은 오늘 저녁에도 너의 엄마는 이만오천 번째로 너에게 전화하지 않을 거라는 거야…. 너의 엄마가 아주 아주 강렬하게 너한테 전화걸고 싶어도, 전화할 수 없을 거야…. 왜냐하면 너의 엄마가 계신 그곳에선 그렇게 할 수 없기 때문이야…. 그분이 계신 그곳에는 여기 우리처럼 사람들과 연결할 수 있는 전화선은 없어. 그분은 그럴 수 없다고….

아주 어린 왕자   네가 말하고 싶은 게 뭐야?

아주 어린 소녀   내가 말하고 싶은 건… 오늘 저녁에 너의
엄마는 전화하지 않을 거야… 내일도… 일주일 후에도 하
지 않을 거라는 걸 이제는 내가 알고있다는 거야.
(짧은 사이.)
왜냐하면 너의 엄마, 왜냐하면 너의 어머니, 그분의 심
장은 더 이상 뛰지 않으니까…. 십 년 전부터…. 십 년 전
에 너의 엄마는 돌아가신 거야…. 사실 너의 엄마는 죽었
어…. 그런 거야…. 우리가 정말로 이야기를 나누는 건 처
음인데, 다른 이야기를 했다면 더 좋았겠지만. 하지만 이
미 이야기가 자연스레 시작되었으니…

아주 어린 왕자 저런, 이봐, 그따위 것을 말하다니 넌 정말
친절하지 않구나!

아주 어린 소녀 그래! 하지만 그건 친절과는 아무 상관이
없어.

아주 어린 왕자 내가 너에게 너의 엄마가 죽었다고 말하면
넌 좋겠어?!

아주 어린 소녀 그래, 너는 그렇게 할 수… 나에게 그렇게 말할 수 있어…. 왜냐하면 그게 진실이니까. 엄마는 죽었어. 그러니까 나도 마찬가지로 거짓 이야기들을 꾸며내는 일을 멈춰야만 해. 내가 끊임없이 엄마를 생각하면 언젠가 엄마가 돌아올 수도 있다고 나 자신에게 이야기하는 걸 그만둬야 한다고. 엄마는 죽었고, 그런 거라고! 엄마는 돌아오지 않는다고! 엄마는 죽었어! 너의 엄마처럼! 그걸 바꿀 수 있는 건 아무것도 없겠지? 아니 아무것도 없어.

아주 어린 왕자 네 이야기, 슬프다.

아주 어린 소녀 그래, 슬픈 일이지! 하지만 어쩔 수 없어.

아주 어린 왕자 난 네 말을 믿고 싶지 않아.

아주 어린 소녀 저런, 그래도 믿어야 할 거야. 그게 진실이니까. 그 말을 한 사람은 바로 너의 아빠야…. 내가 그 이야기를 듣게 되었어…. 너의 아빠는 네가 아픔을 겪지 않고 고통에 괴로워하지 않도록 그렇게 했다고 말했어.

아주 어린 왕자 아빠가 그렇게 말하는 것을 네가 들었다고?

아주 어린 소녀 그래….

(사이.)

그런 거야…. 너의 엄마는 죽었어…. 너의 엄마는 죽었어…. 이제 너는 알게 되었어…. 이제 넌 다른 일들을 할 수 있을 거야…. 그러니 오늘 저녁에, 예를 들면, 나와 함께 여기 있을 수도…. 나는 너의 엄마가 아니지만 한 사람으로서 그리 나쁘진 않아…. 나는 엄마들과는 다른, 흥미로운 점들도 있고….

아주 어린 왕자 그래, 사실이야.

아주 어린 소녀 사실이라니, 뭐가?

아주 어린 왕자 음, 엄마가 십 년 동안이나 돌아올 수 없다는 게 이상하다고 생각했어. 그건 좀 긴 시간이라고.

아주 어린 소녀 좀 긴 시간이었던 것 같아.

아주 어린 왕자 이 이야기엔 예사롭지 않은 뭔가가 있어. (그가 운다. 그녀는 그를 품에 안는다. 사이.) 고마워.

아주 어린 소녀 천만에….
(그녀는 감동했다.)
자, 난 돌아가야 할 것 같은데…. 늦었어. 하지만 네가 원한다면 우린 다시 만날 수 있어.

아주 어린 왕자 그래, 너에게 고맙다는 표시로 뭔가를 주고 싶은데 뭘 줘야 할지 모르겠어.

아주 어린 소녀 괜찮아. 걱정하지 마. 그런데 말이야, 사실… 너와 이야기하는 게 나에게도 도움이 되는 것 같아.

아주 어린 왕자 내 신발 한 짝을 줄 수 있을 것 같은데. 지난번에 그 신발이 맘에 든다고 했잖아.

아주 어린 소녀 아, 그래? 내가 그렇게 말했어?

아주 어린 왕자 그렇게 생각하지 않은 거야?

아주 어린 소녀 아니, 아니, 물론 맘에 들어…. 좋아. 네 신발 한 짝을 기념으로 주면 되겠네. 좋아. 네 말이 맞아.

그는 그녀에게 그의 신발을 준다.

아주 어린 왕자 자, 됐어. 이게 기념이 될 거야. 아무것도 없는 것보다 낫네. 지금은 이거 말고 너에게 줄 것이 아무것도 없어.

아주 어린 소녀 됐어. 좋아. 고마워.

아주 어린 왕자 안녕.

아주 어린 소녀 안녕.

아주 어린 왕자 이름이 뭐야?

아주 어린 소녀 요즈음 사람들이 '상드리에'라고 불러.

아주 어린 왕자 '상드리옹?'

아주 어린 소녀 '상드리옹' 아니고! 하지만 네가 옳아. 그게 더 예쁘다. 상드리옹이라고 불러…. 아니면 상드라.

그녀가 나간다. 아주 어린 왕자는 그녀가 떠나는 걸 바라본다.

scène 13

유리로 된 집 안. 언니는 괴로운 표정으로 의자에 앉아 있다.

여자 목소리 다음 날, 유리로 된 큰 집에는 근심이 가득했습니다. 아주 어린 소녀의 아빠의 아내가 될 부인은 왕의 파티에서 돌아온 후 그녀의 방에서 나오지 않았습니다. 그녀의 상태가 위중해서 여러 명의 의사가 다녀갔습니다.

아주 어린 소녀가 들어온다.

언니　구경꾼처럼 그렇게 아무 목적 없이 슬렁슬렁 다니는 것 말고 다른 할 일은 없니? 너 때문에 신경질이 나. 이럴 순 없어! 얘, 네가 얼마나 짜증나게 하는지 몰라….

아주 어린 소녀　오늘 아침에는 누가 나에게 명령하는 걸 더 이상 듣고 싶지 않아. 왜 그런지는 모르겠지만.

언니　대체 무슨 말이야? 너 식탁도 치우지 않았던데. 내가 봤어.

아주 어린 소녀　응, 나도 알아.

동생이 들어온다.

동생 (그녀 엄마의 방을 가리키며)　엄마는 저기에서, 전혀 괜찮지 않아.

언니 (아주 어린 소녀를 가리키면서)　얘도 여기에서 괜찮지 않은 것 같은데.

초인종 소리가 난다.

동생 (아주 어린 소녀에게) 네 시계야?

아주 어린 소녀 아니, 초인종 소리야.

두 자매 그럼, 가봐.

아주 어린 소녀 나가보고 싶지 않은데.

언니 정신 나간 거 아냐! 오늘 아침은 우리 엄마가 앓아누운 것만으로도 힘든데, 너까지 완전히 무책임하네, 뭐야?

왕 (그의 경비병들에게 둘러싸여서 들어온다.) 죄송합니다. 문이 활짝 열려 있어서 감히 들어왔어요.

언니 맙소사, 폐하십니까? 머리 손질도 안 했는데요.

왕 지금 그대로 아주 훌륭해요.

동생 이번에는 무슨 일로 오셨습니까, 전하?

왕 내 아들이 지난번의 그 소녀를 어제 다시 보았어요. 이 주일 전에 내가 찾으려 했지만 찾지 못한 그녀를. 그런데 내 아들이 얼이 빠져 침착하지 못하게, 헤어질 때 연락처를 주고받지 못했다는군요.

언니   그런데, 아시겠지만 우리는 그 파티에 가지 않았 습니다.

왕   아, 그래요? 내 아들이 완전히 변했어요. 나에게 그녀에 대해 끊임없이 이야기해요. 대대적인 수색 작업을 시작했어요. 나 자신도 참여해요. 여기 여러분 집에 사는 누군가가 그 파티에 갔을지도 모른다는 생각은 들지 않나 요? 글쎄, 잘 모르겠지만… 예를 들어, 자신을 드러내지 않 고? 그리고 내 아들을 만나…
(그는 아주 어린 소녀를 가리킨다.)
이 소녀는 혹시 이 집에 살지 않나요?

언니   저 아이요? 행색을 보셨죠?
(짧은 사이.)

아주 어린 소녀 (왕에게) 죄송합니다만, 전하, 어제저녁 아 드님과 이야기를 나눈 건 저인 것 같습니다. 우린 서로 연 락처를 주고받지 않았어요. 사실이에요. 그 생각을 하지 못했습니다.

왕   아, 그래요? 당신이군요?

언니   대체 애가 횡설수설, 뭐라는 거야?!

동생 (아주 어린 소녀에게) 그런데 너 이런 차림으로 파티에 갔었어?

언니   침팬지처럼 옷을 입고서?

아주 어린 소녀 아니, 다르게 입었어. 엄마 드레스를 입었거든.

왕 (두 자매에게) 자, 그 말을 확인해보는 건 아주 간단해요. 나의 아들이 그 소녀에게 자기 신발 한 짝을 줬다고 말했어요.

두 자매 (놀라서) 그의 신발 한 짝을요?

왕   네! 그런 게 젊은이들이지요! 그러니까 이 소녀에게 내 아들의 신발을 간직하고 있는지 확인해보면 되네요. 아주 간단하군요.

아주 어린 소녀가 나간다.

언니   그 점에선 전하께서 머릿속에서 지어낸 이야기를 하고 계시는 거 같군요.

동생   맞아요!

언니   우리는 전하께 이미 경고했어요.

동생   전하께서 몸소 상처 입으시는 거라고요!

언니   저 애는 함께 지내기도 힘들고 재미없는 아이예요. 청소 회사를 차리신다면 몰라도.

동생   게다가 말인데요! 저 애는 아주 깔끔하지도 않아요.

언니   아, 뭐, 사실이에요. 우리끼리는 쟤를 상드리에라고 불러요. 전하께서 그냥 보시기만 해도 아실 거예요.

왕   아들이 그 소녀의 이름을 떠올리면서 나에게 알려줬는데. 상드리옹 비슷한 뭐던데.

언니   우리가 알고 있는 사람은 상드리에예요.

아주 어린 소녀가 아주 어린 왕자의 신발을 손에 들고 돌아온다.

아주 어린 소녀 (왕에게) 말씀하신 게 이거 아닌가요?

그녀가 그에게 신발을 건넨다.

왕 (신발을 살펴보면서) 기다려봐요…. 어, 맞아요. 이건 내 아들의 신발이군요. 안쪽에 만든 사람의 이름이 새겨져 있어요!

두 자매 (어안이 벙벙해서) 아, 정말요?

왕 그리고 이건 그 아이 신발 치수예요. 아들은 그 나이치고는 신발을 아주 작게 신어요.
(아주 어린 소녀에게) 자, 그럼 내 아들의 공주님이 바로 당신이네요?!

두 자매 뭐라고요?

아주 어린 소녀 그가 나에게 기념으로 그것을 줬어요. 그가 그렇게 말했어요.

왕 (아주 어린 소녀에게) 당신은 아들의 삶과 그리고 내 삶을 변화시키는군요. 십 년 전부터 아들은 오로지 자기 엄마 이야기만 했어요. 그런데 오늘은 당신에 대한 이야기만 하네요. (점점 더 쾌활하게) 아주 가까운 시일에 성

대한 파티를 열려고 해요! 나는 파티를 굉장히 좋아해요. 당신 생각은 어떤가요?

아주 어린 소녀 네, 좋습니다. 아드님도 거기에 온다면 우리는 함께 축배를 들 수도 있을 거예요.

왕 굉장하군요. 나는 즐기는 걸 아주 좋아해요. (자매들에게) 물론 여러분도 초대합니다. 좋아요. 모든 것을 시작하는 멋진 날이군요. 제가 여러분을 포옹하며 인사하지는 않지만, 내 마음은 그렇습니다. 그럼 아주 아주 빠른 시일 내에 또 만나요. 누구인지 여러분도 아는 사람에게 이 좋은 소식을 알리러 달려가야겠어요.

왕이 나간다. 두 자매는 아연실색한 표정으로, 아주 어린 소녀를 뚫어지게 바라본다.
잠시 후, 새엄마가 들어온다. 쇠약해져 비틀거리면서.

새엄마 (그녀의 딸들에게) 이 소란은 다 뭐냐? 무슨 일이야? 너희들은 묘지에서 뛰쳐나온 몰골이구나! 또 무슨 일이 일어난 거니?

언니 (질겁해서, 그녀의 엄마 비위를 맞추며) 아니, 아무 일도 아니야, 엄마.

동생 (그녀의 언니와 같은 태도로) 아무 일도 아니야.

언니   아무 일도 없어, 전혀. 걱정하지 마…. 아무 일도
일어나지 않았어.

동생   전혀.

새엄마 상드리에 때문이니, 뭐니?

언니   아니, 아니야, 아무것도 아니야.

동생   상드리에하고 아무 일도 없었어. 아무 일도 없어.

아주 어린 소녀가 나간다.

동생   재하고 아무 일도 없었어.

언니   전혀 아무 일도.

동생   아무 일도 없어, 엄마. 걱정하지 마.

새엄마 그렇다니 다행이구나.

언니   아무 일도 없어.

새엄마가 나간다. 점점 더 쇠약해진 모습으로.

여자 목소리 그날로 아주 어린 소녀는 그녀의 아빠와 함께 그 집을 떠났습니다. 그들은 임시 거처를 찾았고, 얼마 후 소녀의 아빠는 재혼했습니다. 이번에는 좀 덜 불쾌한 여인을 만났어요. 게다가 그는 담배를 끊었습니다. 그동안, 아주 어린 소녀의 아빠의 아내가 될 사람이었던 예전의 부인 집에는 이상야릇한 일들이 일어나고 있었습니다. 새들이, 마치 마술처럼, 그 집의 투명한 벽면에 더 이상 부딪히지 않았습니다. 이제 새들은 그 위험에 대해 미리 주의를 받은 것 같았어요. 그런데 이상하게도, 새들이 유리창에 부딪히는 충격으로 났던 소리는 제법 오랫동안 계속되었습니다. 그 소리는 이 작은 가정의 평안을 깨뜨렸습니다.
다행히, 그것은 어느 날, 멈췄습니다.

scène 14

여자 목소리 자, 이렇게 이야기는 끝납니다. 이게 끝이에요. 시작하기 전에 내가 여러분에게 말했던 것처럼 이 이야기가 나의 이야기인지, 아니면 다른 누군가의 이야기인지 기억나지 않습니다. 그러나 그건 중요하지 않습니다. 오늘, 내 기억은 희미해요. 마치 나의 몸과 목소리가 더이상 같은 곳에 머물지 않는 것과 같습니다. 나의 인생은 아주 길고 길었고 행복했어요. 그러니 나는 아주 만족합니다. 나는 많이 사랑했고, 아이들도 몇 명 얻었으며, 수많은 일을 경험했습니다. 말할 수 없는 일들도 있어요. 그런데 나는 알고 있습니다…. 아주 어린 소녀에 대해 여러분이 더 알고 싶어 한다는 것을. 그럼 이제 그것을 여러분에게 말하겠습니다. 호기심 많고 용감했던 아주 어린 소녀는 친구가 된 요정에게 어느 날, 소녀의 엄마가 죽기 전에 한 말들을 다시 듣고 싶다고 부탁했습니다. 그런 능력이 있던 요정은 소녀에게 과거를 볼 수 있게 해주었어요. 그녀가 들은 이야기는 다음과 같습니다.

이 이야기의 시작처럼 죽어가는 엄마의 방.
요정과 함께 있는 아주 어린 소녀는 엄마와 보낸 마지막 순간들을 다시 본다. 마치 영사기 앞에 있는 것처럼.

엄마　사랑하는 내 딸… 네가 불행할 때 나를 생각하면서 힘내렴…. 그런데 절대로 잊지 말고 기억해줘. 내 생각을 할 때는 언제나 미소지어주렴.

여자 목소리　물론 엄마를 그렇게 다시 보는 것은 소녀를 슬프게 했습니다. 그녀가 엄마의 말을 얼마나 잘못 이해했는지를 알게 된 것도 그렇고요. 하지만 그날부터 소녀는 그녀의 엄마를 생각할 때면 힘이 솟는 걸 느꼈습니다.

얼마 후, 파티가 열리는 어느 날 밤. 음악.
아주 어린 왕자와 아주 어린 소녀가 춤을 춘다. 열광한다.

여자 목소리 그 순간들도 그녀는 절대로 잊지 못했습니다.
삶이 서로를 멀리 떨어지게 했지만, 그 후에도 아주 어린
왕자와 아주 어린 소녀는 서로에게 편지를 썼습니다. 세
상의 반대편, 이역만리에서도 그들은 편지를 주고받았어
요. 그들의 삶이 끝날 때까지요. 이제 끝입니다. 오해조차
행복한 결말을 만듭니다. 이제 나는 이야기를 멈추고 그만
가겠습니다.

신데렐라

1판 1쇄 찍음 2025년 5월 20일
1판 1쇄 펴냄 2025년 5월 28일

지은이 조엘 폼므라
옮긴이 안보옥
펴낸이 안지미
그린이 이도희
CD Nyhavn

펴낸곳 (주)알마
출판등록 2006년 6월 22일 제2013-000266호
주소 04056 서울시 마포구 신촌로4길 5-13, 3층
전화 02.324.3800 판매 02.324.3232 편집
전송 02.324.1144

전자우편 alma@almabook.by-works.com
페이스북 /almabooks
트위터 @alma_books
인스타그램 @alma_books

ISBN 979-11-5992-439-2 04800
ISBN 979-11-5992-244-2 (세트)

알마출판사는 다양한 장르간 협업을 통해 실험적이고 아름다운 책을 펴냅니다.
삶과 세계의 통로, 책book으로 구석구석nook을 잇겠습니다.